だいわ文庫

いくつになっても、旅する人は美しい

桐島洋子

大和書房

はじめに

箒に乗った魔女のように

「生涯一何ナントカ」とかいった誇り高い宣言をよく耳にするが、私が言うなら「生涯一旅人」だろうか。

しかし古稀を過ぎるとさすがに足腰が弱ってくるし、飛行機の座席が窮屈だし、空港のセキュリティー・チェックが面倒くさいし、いろんな状況が寄ってたかって私の旅心に水をかけようとする。

その上、あろうことか転んで膝を骨折する有様で、ギプス固めの松葉杖暮らしになったときは、「七十過ぎての骨折は終わりの始まりよ」とか「いい加減に落ち着いておばあちゃまらしく孫づき合いでもすれば」とか言われて落ち込んだが、予想外に経過がよくて、ふたたび自由を回復したのだった。

その途端、蟄居《ちっきょ》中に抑圧されていた旅心が爆発し、憧れのシルクロードを皮切りに、箒《ほうき》に乗った魔女のような東奔西走が始まった。

「見るべきものは見つ」などと不遜な呟《つぶや》きを漏らすこともあるのだが、実のところ、何度見ようと美しいものは美しいし、面白いものは面白いのだから、旅に飽きたりはしないのだ。

それどころか、年をとってこそ見えてくるものがある。若い頃の旅ももちろん楽しかったが、今のほうがずっと物心ともに豊かだし、人生の貴重な残り時間ということもあって、旅の時間が宝石のように輝くのである。

それに、旅を終えて帰国すると「やっぱり日本はいいなあ」と思い、帰宅すると「なんといってもウチが一番」と思うのだから、旅行を裏表、無駄なく楽しめるわけだ。

この本では私の人生を彩ってきたさまざまな旅の記憶におつき合いいただくことになる。これを読んで、新しい旅がしたいと思っていただけたなら本望だ。楽しい旅にしていただけたら嬉しい。

桐島洋子

目次

第2章——新たな体験にワクワクする

第3章——冒険する女はかっこいい

第4章――身近なところに発見がある

第5章——心があらわれる旅へ

第6章——自らの人生をふりかえる

第1章

美しき土地を巡る

旅の朝食

日頃は朝寝坊で、とりわけ胃袋の寝覚めが悪い私だが、旅に出るとにわかに早起きになり朝から食欲も満開になる。

そんな私をいつも完膚《かんぷ》なく迎え撃ってくれるのが中国の朝飯屋である。数百年の昔にタイム・スリップするような北京の胡同《フートン》をそぞろ歩きながら、賑やかな人だかりに割り込んで立ち喰いする朝食ほど嬉しいものがあるだろうか。

私はまず刻み青葱《あおねぎ》を焼き込んだ香ばしい葱餅にかぶりつく。北京の主食は米ではなく小麦粉だから、餅というのは小麦粉を練って焼いたり揚げたりしたものである。それから盛大に湯気を上げている蒸籠《せいろ》から、小ぶりの肉饅頭もいくつかもらう。仕上げは豆腐脳という凄い名前の一品で、丼いっぱいの汲み上げ豆腐に醤油味の熱々の餡《あん》がどっぷりとかかっているのを、レンゲで掬《すく》ってフウフウ吹きながら平らげる。さらに余力があれば麺にも手をのばす。青葱をどっさり入れたつゆそばがあっさりしてスルッと胃におさまる。

広大な中国だから朝食も地方によって違い、南方に行くと米の粥が中心になる。私は苦手だがさまざまな臓物入りの粥も多く、朝からしっかりと精力がつきそうだ。

上海では必ず小籠包《ショウロンポウ》を注文する。薄い皮の中からピュッと溢れる熱い汁で上顎《うわあご》を火傷しそうだが、このスリリングな美味で、どんな寝坊すけでも必ず目が覚めるだろう。

イスラム圏の蘭州《らんしゅう》では豚肉が姿を消すが、かなり濃厚な牛肉麺や羊肉麺でズシリと栄養をつけて、過酷な砂漠の旅に備えるのである。

朝食の充実度では英国も中国といい勝負だろう。気楽なB&Bでも朝食は重厚で、昼食はいらないほど朝に鱈腹《たらふく》食べて出かけられるから、お金も時間も節約できる。

幽霊が出そうに古ぼけたロンドンのホテルで、この爺さんももしかして幽霊の一味ではと思わせるよぼよぼの老給仕長が、レトロなフロックコートでうやうやしくサービスしてくれた正調イングリッシュ・ブレックファーストは忘れられない。

まず暖炉の前に跪《ひざまず》き火加減をチェックした給仕長が、金網のパン焼き籠《かご》を火にかざして微妙に動かしながら実にほどよく焦がしたトーストは、その上にバターを置くなりじゅわじゅわと小気味よく溶けて拡がっていく。それに鰊《にしん》の生っぽい燻製をこんがりとバター焼きにしてレモンを絞りかけたのをあしらって食すのだ。まさに英国の醍醐味である。

紅茶も淹《い》れ方によってこれほど味が違うのかと驚嘆するほど、彼のまろやかなミルク・ティーは絶品で、女王様が召し上がる紅茶はこういうものなのだろうと、思わず背筋を伸ばしてしまうのだ。以来、日本でロイヤル・ミルク・ティーと称するものを飲むたびに、何がロイヤルよ、これだけの値段にするなら、あの爺さんでも連れてきてほしいわと悪態をつきたくなる。

英国は奥深い

英国は懐かしい故郷だと、英国人でもなければ英国に住んだこともない私が言うのはおかしいのだが、たしかに遠い昔から縁があるとしか思えない既視感に溢れた国なのだ。

私が生まれた東京の洋館や幼時を過ごした上海の街並みをはじめ、懐かしいものの親しいものの多くは英国に原形があるし、しばらく住んだアメリカやカナダをはじめ英語圏の国々は当然のことながら英国のＤＮＡが圧倒的に濃厚で、街や道の名前はほとんど英国の地名や人名だ。

インドやアフリカの奥地にも豪壮な英国式ホテルがあり、肌の色とは対照的な白い制服に身を固めたバトラーやメイドに、折り目正しい英語でうやうやしく迎えられ、よく磨かれた銀器で本格的なイングリッシュ・ティーをサービスされたりする。

「さすが七つの海を支配した大英帝国！」と感嘆しながらも、なんとまあ傲岸不遜《ごうがんふそん》に自国の言語や文化を世界中に押しつけ回ったものだという反感も心をよぎるが、今となっては悪くない置き土産ではなかろうか。

植民地支配が終わったあと、英国文化の影響は次第に薄まり変形していき、それは解放感と同時に一種の喪失感ももたらした。だから「失われた故郷」としての英国が通奏低音のように心の底に響き続けている人は少なくないはずで、私もその一人なのである。しかも本家にはその懐かしい原形がほぼそのまま保存されているというところが英国の保守主義の素晴らしさだと思う。

日本では保守的という言葉があまりいい意味で使われてはこなかった。保守というと頑迷固陋《がんめいころう》とか右翼とかいったイメージが先行してしまったからだろう。しかし自然や伝統を守らなければという危機感がたかまりつつある今、まさに保守こそが時代の潮流だから、保守のお手本として見直したいことが英国にはたくさんある。

いずれ国王になられるであろうチャールズ皇太子も自然や伝統の保守に極めて熱心な方だから、若く美しいミーハーのダイアナ妃よりも昔馴染みのオトナの女で自然派のカミラ夫人を愛されたことも含めて、私はずっと密かに応援させていただいている。

だいたい、典型的な英国紳士というのは私好みのタイプなのである。それも極めて保守的で、例えば起床時間、洗顔の湯の温度、卵を茹でる時間、ベーコンやトーストの焦がし具合、新聞を読む順序、散歩の歩数から始まってあらゆる習慣や好みや約束を厳密に守るが、冒険は恐れないし、生命をかけてもノーブレス・オブリージュを重んじるような紳士がいい。

夫にしたらしんどそうだが、幸か不幸かそんな英国紳士と愛し合うチャンスはなかったので、今も憧れが持続している。

彼らの泰然自若の保守性と、すくっとした姿勢のよさもさることながら、何より魅力的なのは上質なユーモアのセンスで、ニコリともしないで口にする冗談や皮肉の面白さがじわじわと効いてくる醍醐味はこたえられない。それはガハガハとけたたましく押しつけがましい日本の浅薄なお笑いとは対極にあるものだ。

紳士たちに負けず劣らず英国の住居も頑固で何百年もびくとも変わらない家が多いから、死んだことに気づかず住み続ける幽霊も多く、スピリチュアリズムも英国が本家だと言っていいだろう。

ロンドンの家は京都の町家に似て間口が狭く奥行きが深い鰻の寝床で、庭や門はなく、首相官邸さえ道路から直接玄関の扉を開けるのだが、その代わり広大な公園や美しい田舎で自然と親しめる。これが都市生活の正しい在り方だと思う。

ロンドンは水の都でもある。ベニスのように沈みかけた危うい都よりも、大動脈のテムズ川から毛細血管の隅々まで元気に脈打ち交通路として機能しているロンドンのほうが本家だと言っていいだろう。江戸だってかつてはこんな水の都だったのだと思うとちょっと口惜しい。

ロンドンに行けば必ず訪れるテート美術館から、その川向こうにできた話題のニュー・テートへは船で移動して、とてもいい気分だった。美術館や博物館が入場無料なのも嬉しい。

これも必ず行く大英博物館は、世界一の略奪コレクションだという批判もあるが、目利きの「海賊」のおかげで破壊や埋没を免れた宝物がここで大切に保護されて世界中の人々に無料で展覧されているのだと思えば、まあこれでよかったのじゃないという気もするのだが。

モンゴルの大草原で

初めての海外旅行で初めてモスクワに足を踏み入れた途端、通りすがりのロシア人に「モンゴリアン？」と訊かれたことが妙に心に残っている。

そうかあ、やっぱり私の顔は蒙古系なのか、たしかにお尻に蒙古斑もあったものねと一応納得したものだが、それから二十年後に、内蒙古を訪れて予想以上の「懐かしさ」に驚き、そこが我がＤＮＡの遠い故郷であることを確信したのだった。

まずフフホト空港に到着すると民族服で出迎えた娘さんたちが、白い絹のストールをフワッと首にかけてくれるのだが、それがまるで若いときの私を見るような顔立ちばかり。思えば平均二年に一度は引っ越している私だし、モンゴルの遊牧民の末裔《まつえい》を名乗る資格はあるかもしれない。

しかし全く資格に欠けるのは食べ物の好みで、モンゴルの食生活を代表する羊肉がどうしても食べられない。傍で匂いを嗅ぐのさえ嫌なのだ。案の定、連日の羊攻めで食卓に着くのが憂鬱だったが、そうだ、今こそダイエットの絶好のチャンスだと思い直せばこれも悪くない。

そして周囲は見渡す限り運動に絶好の大草原である。蒙古といえば大草原というイメージはもともとあったが、この大草原の豪快なスケールと空気感は、実際にその場に立ってみなければわからない。

どこまでも続くなだらかな斜面の草を波立たせながら、絶えず風が吹き渡り、私の身体を突き抜けていく。まるで透明人間だ。そして私は自然に動き出す。これは自発動功といって、気功をしていると、やがて自分の意思と関係なく身体が勝手にさまざまな運動を始めるのだが、これほどダイナミックで気持ちのよい自発動功が起こったのは初めてだ。モンゴルの風は「気」でもあるらしい。

その大海原のような大草原に、突然本当に水を湛《たた》えた海が現れた。波まで打ち寄せている。ウソデショウと渚に踏み込むと爪先が濡れた。そして傍には魚料理専門のレストランがあり、そこでランチを食べたのだ。見たこともない魚で淡水魚の味がした。

まあモンゴルに海があるはずはないから、これは湖だろうが、ちゃんと水平線まで見えたのだ。もしかして、あれは白昼夢だったのかもしれないと、この原稿を書きながら不安になって、ありあわせのガイドブックをめくってみたが、どこにもそれらしいものが見当たらない。

草原といえば馬がつきものだ。若い頃は乗馬に熱中し、軽井沢の林道を走りまわりながら、いつか蒙古の大草原を馬で駆け巡りたいと夢見ていたのだが、それが遂に現実になったのである。

貸し馬屋ではモンゴルの民族衣装も貸してくれるので、私は昔のお姫様の衣装で騎乗することになる。これがまた、自分で言うのもどうかとは思うが実にぴったりで、「わあ、まさにモンゴルの姫君ですね。前世はボルテ妃（チンギス・ハーンの正妻）だったのかもしれませんよ」などと皆にはやし立てられても謙遜などせず、馬上から

「臣下」たちを見下ろしながら、ちょっと驕慢《きょうまん》な笑顔で頷いてみせる私なのだった。

そして昂然と胸を張り、ピシリと一鞭入れて草原を疾駆すると、馬と大地の獰猛《どうもう》なエネルギーが猛然と噴き上がってきて私の体内を駆け巡る。人馬一体どころか三位一体で大自然と溶け合ったあの無上の快感を一生忘れることはないだろう。

その夜はゲルという移動天幕で車座の宴が始まった。馬との蜜月のあとでは、それまで敬遠していた馬乳酒にも抵抗なく口をつける気になる。意外に爽やかな味でぐいぐい杯を空けてしまった。酔い覚ましにゲルの外に出てみると、満天の星が煌々と輝き、烈しい光の滝に打たれたように草上に崩れ落ちた私は、そのまま仰向けに寝て無窮の宇宙の抱擁に身を任せたのだった。

西太后が愛した夏の離宮

七、八年ぶりに中国を訪れた。以前は毎年頻々と出かけていたのに、自由化が進んで欲望全開という感じに馴染めなかったし、北京五輪や上海万博のために古い街並みがどんどん壊されていくのを見るのが哀しくて足が遠のいたのだ。それが急にまたおみこしを上げる気になったきっかけは、西太后が愛した夏の離宮だった頤和《いわ》園に世界的に名高いアマンリゾートのホテルができたという噂を聞いたことである。

私が初めて北京に行ったのは幼い頃で何も覚えていないと思っていたのだが、戦後初めて四十何歳かで再訪した北京で、頤和園の湖に浮かぶ壮麗な白亜の石船を見た途端、ハッと眼を見張って棒立ちになってしまった。

懐かしいなんてものじゃない。これこそ長年繰り返し私の夢に現れてやまない謎の白鳥ではないか。なぜかこれだけが子供心に強烈に突き刺さり、潜在意識に棲みついたのだろう。つまり私の原風景に巡り合ったわけで、以来頤和園は私の心に特別の位置をしめることになった。

一方、アマンも私にとって特別な存在だ。バリ島をはじめ私が大好きなところばかり、アマンは美しい環境を巧みに生かしながら贅を尽くして最高に魅惑的なホテルを作る。当然値段も最高だから、滅多に足を踏み入れられないが、たまに思い切って散財を覚悟すれば、しっかりと期待に応えて本物の贅沢を堪能させてくれるのだ。

夢の頤和園と憧れのアマンが一緒になったと聞いて、浮き足立たずにはいられない。しかし、いくら中国が商売熱心でも、例えば京都御所のようなところに外国資本のホテルを建てさせたりするものだろうかと、ちょっと冷静になって調べてみたら、さすがに頤和園の中ではなく隣だが、秘密の扉で繋がれた庭続きだというのだから同じようなものだ。それで勇躍アマンに予約を入れ、娘のかれんと友人二人の同行四人で北京に向かったのだった。

　羽田発の国際線は初めてだったが、江戸の街並みを模したテーマパーク風のロビーがなかなか愉しくて、成田よりずっといい。

　到着した北京空港は桁違いに壮大でモダンで、宇宙旅行でも始まりそうな感じだが、こちらはまっしぐらに頤和園めざしてひた走る。


　このアマンは四合院《しごういん》スタイルと聞いて、かつて北京の胡同に並んでいたコの字形の庭を囲む瀟洒《しょうしゃ》な住宅を思い浮かべたが、車を降り立った一行をジャーンと迎えたのは、そんな市民的な建物とは程遠い絢爛たる宮殿だった。

　それがアライバル・パビリオンという到着ロビー館で、そこを抜けると中庭をはさんで書道や茶道の実演や伝統工芸品や書籍などが揃った文化館があり、さらにその先に池に面した鏡映軒というラウンジが続き、それから庭院という庭付きの離れが並ぶ宿泊域に入るのだ。

　これは太和門を入ると太和殿、次に中和殿、保和殿と、山また山のように宮殿が現れ、その背後に居住区が点在する故宮の構造にそっくりだ。内装も昔ながらの精緻な木彫りの飾り窓や明朝様式の典雅な家具などで見事に調えられ、日頃は豪華中華料理屋などの派手な装飾に厳しく眉をひそめる私も、いやあ、恐れ入りましたと、素直に感嘆してラストエンペラーの世界を堪能したのだった。

朝には羽田空港を江戸の町人気分でうろつき、昼には北京の宮殿で西太后の栄華を追体験しているのだから、やはり旅行って面白くてやめられない。

こういう贅沢なホテルに泊まるのはお金持ち外国人ばかりだった時代も中国では終わったようで、アマンの泊まり客の大半は中国人である。それも別にアマン・ファンというわけではなく、一番高価なホテルに泊まりたいだけだというのだから何をかいわんやだが、怖いもの見たさで金満中国の旅をもう少し続けることにして上海へ向かった。

中国四千年の知の伝統

上海の変貌は予想以上にすさまじかった。雨後の筍のようにとはこのことかと初めて実感する勢いで高層ビルがニョキニョキ天を衝き、それが皆、勝とう、目立とう、輝こうとド派手なデザインや色を競いあったうえ、皇帝の戴冠のように奇抜な屋根をつけるのだ。その谷間の街路を傲然と足下に踏みつける高速道路が、向かうところ敵なしの勢いで四方に伸長している。

この街で幼時を過ごし、上海を故郷の一つと思っている私さえ、右も左もわからず呆然としてしまったが、さすがに老獪《ろうかい》な国際都市だけあって、古いものをそう無闇に壊したりはせず、そのレトロな雰囲気を巧みに活用しているのが次第に見えてきて多少は安堵した。

ロンドンそっくりの威容を誇る外灘《ワイタン》の洋館群は老いてますます盛んで、毎夜ライトアップされる華やかさだし、あちこちにひっそり生き残ってきた庶民的な路地や民家も、装いを新たに、イナイ、イナイ、バーとばかり明るく歓迎してくれる。

淮海路《わいかいろ》の昔懐かしいレンガ造りの長屋が犇《ひし》めく横丁は、若者に人気のブティック通りになっていて、ここがわくわくするほど刺激的だった。中国はもともとキッチュな雑貨作りが得意だが、そのセンスが目覚ましく洗練され、ユーモアが冴える面白グッズやイキのいいカジュアルウエアが溢れかえっている。

物にはウルサイ娘のかれんも「カワイイ」を連発しながら土産を買いまくっていた。上海近代建築の象徴・*石庫門《せっこもん》を中心にかつてのフランス租界の街並みを再現した「新天地」は、緑したたる並木といい、お洒落な店の大集合といい、オープンカフェの国際的な賑わいといい、ここはシャンゼリゼかと錯覚するほどだ。

しかし私にとって一番面白かったのは、ファッションではなく、一九三〇年代の中国人家族の住生活を再現した展示館「石庫門 屋里厢《やりしょう》」である。こぢんまりした住居だが四階建てで部屋数は多く、居間、書斎、寝室、台所、子供部屋などさまざまな部屋に濃《こま》やかな内装が施されて、なかなか見応えがある。

富豪ではないがほどほどに豊かで品のいいインテリの家庭だったのだろう。書斎の凛とした空気の中にしばらく立ち尽くし、家長になり代わった気分で壁に掛かる漢詩を黙読していると、中国四千年の知の伝統がずしりと心に響いてきて、ようやく中国の本質に触れる思いがした。

思えばこの国は日本やアメリカなど及びもつかない壮大な歴史の中で深い教養を蓄積してきた長老なのだ。長年にわたって戦乱や貧困が、そして最近はやたらバブリーな銭ゲバぶりが表立ち、教養の影が薄かったのも、歴史的には一瞬のことに過ぎないのかもしれない。

今回の中国では、文化的ＤＮＡ健在の気配が何かにつけて感じられ、この眠れる獅子が目覚めたら、とても敵わないぞと身震いのようなものを感じたのである。たしかに悪趣味なものが今なお多いが、それも元気のうちと開き直って突っ走るダイナミズムに圧倒され、「日本は負けたね」と、かれん共々憮然《ぶぜん》とする場面が多かった。

ホテルは見事に修復された和平飯店で、アール・デコ・スタイルの生き見本だから、揺籠のように懐かしく居心地がいい。この界隈はあまり昔と変わらないが、変わったのは花が多いことで、至るところで花壇や植木鉢やハンギングフラワーが妍《けん》を競っている。昔は花より団子だった中国が、ここまで花好きになるとは思わなかったが、年とともに「団子より花」に移行した私には嬉しい驚きである。

*レンガ式住宅。

再会の街バンクーバー

春になると外食派の仲間たちがにわかに活気づき、「はなみずきで集まりましょう」とか「ダック・ネストでブランチを」とかいったパーティーの誘いが増える。

この外食派というのは、始終レストランや料亭を食べ歩くグルメ連中のことではなく、自然豊かな戸外で食事をするのが大好きというダウン・トゥー・アースな人たちのことである。

だから、料亭みたいに聞こえる「はなみずき」が実はそろそろ満開のはなみずきを仰ぐお気に入りの原っぱであり、「ダック・ネスト」もレストランではなく鴨池のほとりのピクニック・テーブルだというのは、仲間たちの共通認識なのだ。

こういうアウトドアー・パーティーはたいてい手作り料理持ち寄りのポットラック方式で、それぞれの人生のルーツを感じさせる個性的な家庭料理との出会いが多い。

ロシア系の友人が持参したロールキャベツにかぶりついた途端にジワッと熱い涙が湧きあがってきて驚いたことがある。

幼い頃に住んでいた上海で隣人だった白系ロシア人の老女が、菜園の新キャベツと完熟トマトをこっくりと煮込んで手作りのサワークリームをあしらった、懐かしのロールキャベツとついに再会したのだ。その深く濃《こま》やかな味わいこそは、私が長いこと探し求めてきた味覚の原点の一つだったのである。

「林住庵」と名づけた私の別宅があるカナダのバンクーバーは、西洋と東洋が混沌と共生していたスリリングな魔都上海をはじめ、海と山に優しく鍛えられながら少女時代を過ごした神奈川県の葉山や、みずみずしい自然と古きよきアメリカの伝統に心身を浸して人生の昼休みを楽しんだイースト・ハンプトンを、至るところで連想させる街である。つまり私の三つの「故郷」を全部足して三つに割ったような究極の故郷に里帰りしているわけだから、懐かしい再会がごろごろしているのだ。

人間の五感の中では視覚に一番自信がある私は、バンクーバーのあちこちでフッと既視感に襲われる。

お転婆な少女だった私は、春になると猿のように裏山を駆け巡り目ざとく山菜を見つけては籠いっぱい摘みまくり、台所の母を喜ばせたものだが、そうして研磨されたまま長い間眠っていた狩猟採集用の視覚が蘇ったのもバンクーバーの春である。

林住庵から海岸におりていく途中の森の道で、何か覚えのある感じがして立ち止まったら、草むらから土筆《つくし》がいっぱい頭をのぞかせているではないか。それこそ昔とった杵柄《きねづか》で山のような収穫を持ち帰り、絶対買えない土筆のお浸しや佃煮で日本人仲間を驚喜させることができた。

スキー場に近い山の中でタラの芽を発見したときは、外食仲間を海辺の公園に招集して天ぷらパーティーを催すことにした。そこは外食見本市のようなスポットなので、私はかねてから、この「公園デビュー」の機会をうかがっていたのである。

移民たちの多様な民族性をアメリカの国家意識に融合させようとするアメリカがメルティング・ポット（人種の坩堝《るつぼ》）と呼ばれるのに対して、カナダはモザイク国家と呼ばれ、各民族がそれぞれのアイデンティティーを保持しながら仲良く共生している。だから長年カナダで暮らしても中国人は相変わらず中国人だし、インド人は頑固にインド人だし、イタリア人もギリシャ人も当然自然にイタリア人やギリシャ人なのだ。

それがカナダの自然主義とアウトドアー志向だけは素早く身につけてしまうのだから、休日の海辺などはちょっとした万国博覧会で、あちこちのピクニック・テーブルやバーベキュー炉に割拠したさまざまな人種のグループが、それぞれのお国料理の宴会を賑やかに繰り広げている。

中国人のグループは大きな中華鍋でジャッジャーと勇ましい音を立てて炒め物に励む。蟹のぶつ切りは豆豉《トウチ》、豆腐はオイスター・ソース、豚肉はショウガ、そして締めの炒飯に至ってはハムユーというクサヤのような塩漬け干魚を入れるから、それぞれから強烈な香りが竜巻のように湧き起こる。

インド人はもちろんカレーだから、スパイシーなことでは負けていないし、イタリアやギリシャの地中海勢もニンニクとオリーブ・オイルとチーズを駆使してしっかり対抗する。アラブ系にも羊という強力な援軍があるし、ここはもう視覚より、まず嗅覚で勝負する世界なのである。

カナダの森の芳醇な香り

嗅覚の重要性は私の五感の中で長いこと下位に甘んじていた。仕事が物書き、趣味が美術という私だから、視覚の一位は動かないし、聴覚の二位もまず変わらないだろう。残りの味覚、触覚、嗅覚が三つ巴で次位を争っているのだが、自他共に許す食いしん坊としては味覚が頼みの綱だし、恋多かりし頃はもちろん、色気よりマッサージの年代に入っても、触感は快楽と直結している。となると、割を食うのは嗅覚なのだ。

そもそも、嗅覚という感覚は、食物の腐敗とか、環境汚染とか、麻薬の密輸とか、ネガティブなことに対して活躍することが多い。香水とか芳香剤とか、嗅覚が快感となる場合にしろ、もとはといえば体臭やトイレの悪臭を消すためといった目的が絡んでいるわけだから、嗅覚が本当にポジティブにその真価を発揮するチャンスは少なかったのである。

ところが近頃その風向きが変わり始めた。私は五十代に入った頃、人生の秋の「林住期」を宣言して仕事を絞り、カナダに設けた「林住庵」で年の三分の一は晴耕雨読の静謐《せいひつ》な暮らしを楽しむようになった。いわばジェット機からグライダーに乗り換えたようなものである。すると、エンジンの轟音に掻き消されていた波の響きや風の囁きがにわかに聞こえ始めたかのように、大自然の声に敏感になり、心身にさまざまな気づきがもたらされるようになった。この過程で、それまで影の薄かった嗅覚が急速にその存在感を増してきたのである。

カナダにいると毎日のように森を散歩する。森はタイム・トンネルのように、私をぐんぐんと過去に連れ戻し、父母の愛に包み込まれた幼い日の記憶や、湘南の海山に育まれた野性を蘇らせるが、それは嗅覚に導かれることが一番多いのだ。風にそよぐ若葉の薫りは、父の肩車を、日溜まりの枯れ草の匂いは愛犬のコロを思い出させる。また、湿った腐葉土の匂いは、わずかにのぞく筍の先を見つけたときの喜びから、懸命に掘り進める小さな手に抗う土の感触、「わあ、初物じゃない」と笑顔で受け取った母の歓声、ご褒美に筍の皮で包んでもらった梅干をちゅうちゅう吸った音、その酸っぱさ、やがて皮を染めた赤い色に至るまでを、ありありと思い出させた。嗅覚をきっかけに蘇ったわけである。

このように嗅覚をキイにして次々と扉を開きながら鬱蒼《うっそう》たる記憶の迷路に踏み込んでいくと、それが遠い前世にも繋がっていくような気配さえ感じられて、嗅覚の奥の深さに、おみそれ致しましたと今更ながら襟を正したい気分なのである。

多少敏感になったとはいえ、私は特に優れた嗅覚の持ち主ではなく、まあ人並みというところだろう。しかし次女のノエルは異常に嗅覚が鋭い。こういう人と暮らしていると、魚が生臭い、肉が獣臭い、水がカルキ臭い……と、やたら文句が多くて、もういい加減にしてよと言いたくなることもあるのだが、カナダに移住して自然の中で暮らすようになった彼女はいよいよ嗅覚が冴えて香りにのめり込み、ついにはアロマテラピストの資格をとって、ポジティブに本領を発揮し始めた。

アロマテラピーは、療法とはいってもせいぜい良い香りを嗅げば気持ちがよくなるという程度のことだろうと私は高をくくっていた。しかしひどい風邪をひいたとき、ノエルが症状を訊いて処方した香油を寝室に炷《た》いてくれたら、翌朝爽やかに目が覚めて、「おや、これは本当に効くのかも」と思い、その後も幾度か同じような経験をして、香りの力は端倪《たんげい》すべからざるものだと、認めざるをえなくなってきた。

ノエルが我が家にアロマテラピスト仲間を招くパーティーは、まるで魔女集会のようだ。悪い意味ではない。かつて火あぶりになった魔女たちも、きっとこのように大自然の力を信じて癒しに情熱を傾ける心優しい女性たちだったのだろうと思うのである。

ノエルの繊細な嗅覚はもちろんケミカルではない自然由来の香りしか許容しないが、そのうえこの頃はオルガニックでなければいけなくなり、さらにバイオ・ダイナミクスとかいって、水牛の角に土を詰めてどうこうという何やら神秘的な農法のものを好むようになった。何事も凝り始めるときりがないものだが、最も右脳的と思われる嗅覚の回路が、スピリチュアルな方角に向かいがちなのは当然だと言えるだろう。

私はここ数年来、伝統派の北米先住民とのつきあいが増え、しばしば彼らの祭りや儀式に参加しているが、ここでも香りの役割が大きく、私はその香りと共に先住民のスピリチュアリティーに巻き込まれていったような気がする。

まず、なにかにつけてセージの葉が炷《た》かれる。その煙を鷲の羽根で扇ぎかけて人や場や物を浄化するのだ。たちまちセージの香りに魅せられた私は、この香りを嗅ぐなりスーッと先住民とその精霊に同化してしまう。

パイプ・セレモニーというどこか茶道に似た厳粛な儀式では、長老が煙草を詰めて火を点けた長いパイプを、円陣を組んだ一座で回しのみするのだが、煙草など一度も吸ったことがなく、煙草のみとは同席もしたくない私が、このセレモニーでは嬉々としてパイプをふかすようになってしまった。

煙草といっても普通の煙草とはかなり違う薬草のミックスらしいが、もしかしたら麻薬でも入っているのかと疑いたくなるくらい気持ちのいい香りなのである。長老の話では、これが英国人によって堕落する前の本来の煙草で、人々に平和と健康をもたらす神様の贈り物だそうである。

いくら気持ちがよくても、この煙草を日本の生活に持ち込む勇気はないが、その代わり座右の香りにしているのはノエルがカナダの森をイメージして調香した「ミスティック・フォーレスト」である。

香りのボトルが差し込みカートリッジになっている電池式ポットのボタンを押すと、0・005μ《ミクロン》の超微粒子が蒸散されて、懐かしい森林浴が始まるのである。

ミャンマーの誇り高きホスピタリティー

ミャンマーの変化が目覚ましい。永遠の鉄壁のように思われた軍事政権が拍子抜けするほど穏やかに民政に移管した。猛《たけ》り立ったアラブの国々と違って、内戦も争乱も流血も復讐もない政権交代だ。

自宅軟禁を解かれたアウン・サン・スー・チーさんは、長い空白を全く感じさせない優雅な自然体で政治活動を開始した。

「ほら、ご覧なさいな、ミャンマーって、そんなひどい国じゃないでしょ」と、私は凱歌《がいか》を揚げずにはいられない。だって、ミャンマーといえば北朝鮮も真っ青の恐怖の圧政に喘《あえ》ぐ悲惨な国だという悪評が行き渡っていて、私のようなミャンマー贔屓《びいき》は東電に味方するより肩身が狭かったのだ。

私とミャンマーのご縁は、四年前、長女のかれんが、貧しい子供たちのために寺子屋を一校寄進したことから始まった。ミャンマーは国境を接する国が五つもあり、麻薬や武器や不法入国者を堰《せ》き止めるだけでも大苦労ということもあって、軍事政権は外国の影響や干渉を忌避する孤立主義に凝り固まっていた。だからいくら貧しくても海外の援助を受け入れなかったが、その唯一の例外が寺子屋の建設なのだ。

かれんの寺子屋ができ上がり、親子孫三代勢揃いで開校式に参席したときは、「えーっ、あんな危険な国に小さい子供たちまで連れていくなんて」と、まるで戦地に赴くように心配したり呆れたりされたので、私もさすがに少し緊張し、おそるおそる旧首都ヤンゴンの空港に降り立ったのだった。

しかし軍事独裁を思わせるような威圧的な気配はなく、軍人の姿も見当たらないし、感動的に優しく親切な人ばかり。

市民生活は極めて質素だが、物欲しげな感じは皆無で、清貧という言葉を久しぶりに思い出す。節電のため夜になると暗く静かで、繁華街でもところどころに裸電球がポヨンポヨンとぶら下がっているだけだ。その代わり星が綺麗で、月も冴え、どこからか花の香りがホワッと漂ってきたりして、それはぞくぞくするほど官能的な夜だった。

街は暗くてもホテルの中は煌々《こうこう》と明るく、欧米並みの設備が整っている。貧しくても遠来の客は疎漏《そろう》なくもてなそうというミャンマーの誇り高いホスピタリティーは「武士は食わねど高楊枝」という言葉を連想させる。

その代表は、バンコクのマンダリン・オリエンタル、シンガポールのラッフルズ・ホテルと並んでアジアの名ホテル御三家と称えられてきたストランド・ホテルで、ヴィクトリア朝様式の豊麗なたたずまいと、その格式にふさわしいサービスは、ホテル・マニアの私への最高の古稀祝いだった。

こういう贅沢に勝るとも劣らない楽しみを、庶民の領域で見つけるのにも時間はからない。これまで全く馴染みがなかったミャンマー料理というのが、意外にも私好みで、さまざまな素材を巧みに取り合わせ、あまりこねくり回さずにあっさり仕上げた俳句のような総菜が多い。数えきれないほどの種類の総菜がそれぞれ小皿に盛られてずらりと並び、いくつでも選り取り見取りという昼食屋なんて、毎日でも通いつめたいほど魅力的だった。

ヤンゴンでは、シュエダゴン・パゴダ詣でも欠かせない。高さ百メートルの主塔を中心に六十余りの仏塔が林立する広大な境内は、信心深い民衆が懸命にお金を貯めては一枚一枚寄進した金箔がウロコのように張り巡らされ、徹底的にキンキラキンなのだ。普段の私ならヒャー、悪趣味と眉をひそめそうなものなのに、ここでは善男善女の真心のパッチワークにくるまれたような温かい「気」を感じて素直に一緒に合掌してしまうのだった。

「自由化」でミャンマー人気が盛り上がると、いつまで今のウブッ気が保たれるか心配だ。再訪を急がなければ。

ベトナム古往今来

戦争は自然も文化も容赦なく破壊する。アラビアン・ナイトの王都バグダッドの栄華は今いずこというイラクの惨状を見るたびに心が痛むが、夜の来ない朝はないように、いつかは平和が訪れるのだろう。

かつて従軍記者として悲惨な戦場を巡り歩いたベトナムを、戦後しばらくして再訪したときは、その逞《たくま》しい復元力に眼を見張ったものだが、さらに最近の旅では、もう復元どころか昔よりも豊かに華やかに発展しているのに驚嘆した。サイゴンをホーチミン市と呼ぶことには未だに慣れないが、その豊かさにはすぐ慣れて、サイゴン時代には考えられない贅沢を楽しみ始める。

ホテルはマジェスティックにした。昔は外人専用の最高級ホテルで、ベトナム娘にしか見えない私はドアマンに冷たく追い払われたことがあるが、そのときの怒りはとうに風化した。アール・ヌーボーの装飾が今も変わらぬ風格を漲《みなぎ》らせてはいるものの、年老いていささかうらぶれたこのホテルは、戦友のように懐かしく、そしていたわしい。

ベトナムに来れば、まずアオザイを作って、天女の羽衣のような裾を翻して歩きたい。さまざまな国の民族衣装を着てみたが、ベトナムのアオザイほど優雅でしかも活動的なドレスは他になかった。そのうえ、実際以上に胸が張りウエストがくびれて見えるという魔術的な衣装なのである。必ずオーダー・メイドでなければならないが、急げば一日でもできるから億劫がることもない。

従軍記者だったときは夥《おびただ》しい死を見送った戦場から街に戻るなり、私は血と汗にまみれた軍服を引きむしるように脱ぎ捨ててアオザイに着替え、川風を浴びて歩きに歩いては、悲しい記憶を少しでも吹き飛ばそうと試みたものだった。その頃はぺらぺらの化繊のアオザイだったが、今度は上質の絹にシフォンを重ね、胸元には刺繍を施し、共布のサンダルとバッグも作った。それでも百ドル程度なのだから、まだまだ経済格差は大きいのである。

植民地時代の遺産だったフランス刺繍が、今ではすっかり血肉化して、ベトナムの最も誇るべき技術になっている。デザインも洗練されて、クッションやバッグや小物袋など、ついつい買わずにはいられなくなる。

フランスといえば、初めてのサイゴンで食べたフランス料理の美味しさは衝撃的だった。戦後に立ち戻ったときはいくら探しても同じグレードのレストランには出合わなかったが、最近ようやくそれに近い「ボルドー」という店を見つけた。フランス人の男性カップルが、フランスで修行中のベトナム人をスカウトして数年前に開店したそうで、たしかにフランスの味だし、デザートのスフレーが嬉しかった。

日本人としてちょっと脅威を感じるのは漆器の安さとデザインの新しさである。この調子で進んだら、日本の高価な伝統漆器は太刀打ちできなくなるだろう。

ごった返す庶民の広場で生鮮食品と並んで、本物のクリスタル・グラスやガレー風のカメオ・グラスが無造作に売られているのも面白い風景だ。これはレッキとしたチェコ製で、一応共産圏に属するベトナムにとって東欧が仲間うちだったことを思い出させてくれる。

思い出すといえば、少しはベトナム戦争のことも思い出すべきだろう。そのためにはかつて神出鬼没の忍者戦法でアメリカ軍を撹乱《かくらん》したベトコンの地下要塞クチ・トンネルを訪れたい。およそ考えうる最悪の死に方で米兵を恐怖させた超ローテクからくり落とし穴の数々を見るだけでも、戦争の残忍さや、貧者の逆襲の凄まじさがよくわかり、イラク戦争についても物思うことが多いはずである。

第2章

新たな体験にワクワクする

パワースポット、グラストンベリーで不思議体験

スピリチュアリズムの本家は英国だと言っていいだろう。二十世紀初めには降霊会が大流行して、コナン・ドイルなど著名な文化人や政財界のお歴々もこぞって参加した。

当時ロンドンの中心地に建てられた立派なスピリチュアル・チャーチは今も健在だ。以前一度、面白半分に訪ねてみたら、ちょうど霊能者のセッションが始まるところで、数百円の入場料を払ってホールに入ると、本日の当番霊能者と紹介された冴えない感

じのオジサンがヨタヨタと舞台に上がり、二十人ほどの参加者の顔をズイーッと一覧するなり、私の連れを指差して「お前の父親は昨年死んだ」とか「心臓に問題があるな。昨日も発作を起こした」とか機関銃のようにしゃべり始めたが、それがすべて図星なので仰天した。

初対面の外国人の個人的事情など彼が知る由もないのだから、これは霊視だと信じるしかないだろう。日本でこんなに当たる霊能者がいたらたちまち信奉者が集まって荒稼ぎできるかもしれないが、英国にはこの程度なら掃いて捨てるほどいるそうで、このオジサンも「はい、ご苦労さん」とお車代くらいもらってトボトボと帰るのだ。

なにしろ何百年もビクとも変わらない頑固な館が犇めく国だから、死んだことに気づかず棲み続けている幽霊が多く、そういう存在に敏感な霊媒体質の人も多くなるのだという説に、なんとなく納得してしまう。こんな環境に育った英国のスピリチュアリズムだから、人間臭さや生活感があり、宗教的な厳しさや堅苦しさがあまり感じられないのかもしれない。

さて屈指のパワースポットだというグラストンベリーにバスが近づいた。窓に緩やかに流れる長閑《のどか》な田園風景の中で、仰向けに横たわった女性の乳房のような丘が妙に気になった。頂上には、乳首のような突起が見える。やがて視界から消えたと思ったら、今度はもっと近くに現れ、それが目的地グラストンベリーの中心的存在であるトールの丘だと知らされた。

かつては海に浮かぶ島だと伝えられていたこの丘は、標高わずか百五十メートル。登りが苦手な私にはこれでも結構きつくて、ちょっと登っては休む情けない有様だったが、あるところから突然翼でも生えたようにふっと身体が軽くなり、たちまち登頂を果たしてしまった。こういう経験は以前にも幾度かあった。飛騨の位山《くらいやま》とか、セドナのベル・ロックとか、高松の金刀比羅宮《ことひらぐう》とか、いずれもスピリチュアルと言っていい場所で、あ、結界を越えたという感じの変化が起こるのである。

トールの丘はやはりただならぬ場所らしい。遠目には乳首のように見えた頂上の突起は、十四世紀に建てられた聖ミカエル塔だった。それにしても何と優しくたおやかな丘だろう。緑の草に蔽《おお》われたなだらかな斜面が四方に広がり、その裾野は大海原のような田園に溶け込んでいく。柔らかな草の褥《しとね》によこたわって、爽やかな風の囁《ささや》きを聴きながら、私はまさしく女神ガイアの胸に抱かれているのだと思った。

やっとわれに返って丘を下りると、チャリス・ウェル・ガーデンという花園があり、ここもなかなか魅力的だった。イエスを磔《はりつけ》にした十字架から滴る血を受けた聖杯が埋められた場所に湧き出したという伝説の泉がチャリス・ウェルで、なるほどその水は血のように赤い。鉄分が異常に多い水なのだ。

ここの樹木や花々がまた不思議なほどエネルギッシュで、獰猛《どうもう》に生い繁り饒舌に咲き誇っている。その茂みの中に置かれたエンジェル・シートに座ると妖精の気配に包まれた。ジョン・レノンがここに座って「イマジン」を発想したというのもうなずける。

さて、そろそろバスに乗って浮世に戻るときがきたようだ。

一期一会のバルサミコ

イタリアで一番懐かしいのは、ミラノから車で小一時間南へ走ったところにあったマレオというオーベルジュである。今でも店はあるようだが、主人が替わってしまって、もうあのマレオではない。リネア・クッチーナ・イタリアーナ、つまりイタリア美食前線とでもいうべき組織の会長で、いわゆるスローフードの主唱者だったおそろしく頑固な主人は、何故か急いであの世に逝ってしまったのだ。

彼と初めて会ったときは、なんと傲慢《ごうまん》で愛想の悪い主人だろうと呆れたものだ。どうも日本人の味覚をはなから馬鹿にしていたらしい。しかし私たちがメニューを熟読して舌なめずりしながら料理とワインを選んでいくうちに彼の態度がどんどん変わり、我が意を得たように目を細めて頷いては、肩を抱かんばかりにして親愛の情を示すようになった。

ここのメニューは花印がついているのが古い料理で、無印が新しい料理だが、私たちが選んだ野菜入りリゾット、野鳩の煮込みのリングイネ、蛙《かえる》のムース、野兎《のうさぎ》の肉と腎臓の煮込みなどはすべて花印の料理で、その素材は地元ロンバルディア平原で獲れたものばかりだった。

私の連れは、その見事な食べっぷりでいつもレストランの主人に愛される人だが、とりわけマレオの料理に注いだ壮絶な情熱は、見守る主人を熱狂させずにはおかなかった。

デザートに達した頃には彼も同じ食卓に座り込み、秘蔵のグラッパを持ち出して奢ってくれるではないか。そして彼も一緒にグラッパを呷《あお》りながら、上機嫌でリネア・クッチーナ・イタリアーナの会則を披露し始めた。

一つ、無闇《むやみ》に新しい味を追いかけてはならない。
一つ、古い料理から本当の美味しさを見出すべきである。
一つ、古い料理を改編するときは協会員の了承を得ること。
一つ、古い料理から新しい味を発見しよう。

全部は憶えていないが、大体このようなことだったと思う。軽薄で軟弱なキレイキレイの見てくれ優先に走りがちなヌオーバ・クッチーナにはかねがね批判的な私たちだから、当然主人と意気投合し、その日のうちに親友づきあいになってしまった。

食後、彼に「ちょっと、こっちへ」と導かれて庭に出ると、その隅に建つ古びた土蔵の二階に案内された。そこにはえらく貫禄のついた木の樽がずらりと寝かされている。その一つの柱を抜き、細い棒を突っ込んで引き上げると、ドロリとした黒い液体が滴《したた》った。勧められるままに舐《な》めてみたら、香りも味も素晴らしいバルサミコだった。

「こんなに美味しいバルサミコがあるんですね」と感嘆している私に、「いやいや、これはまだ十年物だからたいしたことはない」と言いながら、主人は二十年物、三十年物と次々に年代物のバルサミコを味見させてくれた。たしかに古くなるほど味が深まっていく。

そして圧巻は最後の百二十年物で、これはまさに甘露というべき天上の味で、馥郁《ふくいく》たる香りもこの世のものとは思われないほど神秘的だった。あれほどのバルサミコに二度と出合うことはないだろう。ああ、それにしても、あのマレオが懐かしい。

ロンドンで出会った「眠れる森の美女」

使うために作られた器をただ飾っておくだけでは可哀相だから、できるだけ実際に使うことにしている。私の料理は「初めに器ありき」で、今日使いたい気分の器を食卓に並べて眺めているうちに、料理の構想が湧きあがってくる。

もっとも出番が多いのは、私が「眠れる森の美女」と名づけた一群の染付け磁器である。ロンドンの骨董屋で、この美女たちに初めて出合ったとき、透けるほど薄手で触ったらカシャリと割れそうな純白の肌に、澄明な藍の繊細濃密な絵付けがあまりに美しく、目が離せなくなってしまった。
康熙《こうき》年代のものだというから、四百歳近いのに、それにしてはまったく古みが感じられない。もしやレプリカの新品ではと一瞬疑ったが、今どきの堕落した景徳鎮あたりで、こんな仕事ができるはずもない。

それで骨董屋の主人を質問攻めにしてわかったことだが、康熙帝の頃の中国から出荷され、喜《き》望峰《ぼうほう》回りの長く危険な船旅を無事終えてやっと英国に上陸したものの、なにかの手違いで倉庫の奥に置き去りにされていた荷箱が最近偶然に発見され、中の器たちが四百年の眠りから覚めたのだという。

それならピカピカの新品であっても不思議はない。私は夢中になって、その仲間を見つける端から買いまくったので、これだけでもけっこうなコレクションになっている。

物語があるという点では、食器ではないが西太后がお気に入りの侍女に遣わしたコオロギ入れとか、ロシア皇太后が女シェフの結婚祝いに自分の宝石箱から取り出して与えたブローチなども私のお気に入りグッズである。

そのロシア皇太后が息子のニコライ二世一家を引き連れてデンマーク王家に里帰りしたときの宴の手書きメニューもあってなかなか興味深い。そのご馳走に舌鼓を打っていたときには、数年先の革命で皆殺しになるとは誰も夢にも思わなかったろう。命の儚《はかな》さを想うと、骨董たちはずいぶんしぶとく生き残ってきたものだと思う。そして私もしぶとく七十六歳まで生きてきた。しかも、ちょっとは夢も叶ったのである。ささやかな骨董とはいえ、いちおうコレクターにはなったのだし、二〇一一年の夏にはなんと銀座一丁目のポーラ ミュージアム アネックスで、私の「骨董物語」展が開かれたのである。自分のギャラリーでこそないものの、ともかく銀座のギャラリーでコレクションを展示するという夢は叶ったではないか。

それにしても私ごときのいい加減なコレクションをわざわざ見に来てくださる方があるものだろうかと心配だったが、一カ月半で八千五百人の入場者があったというので驚いた。

名門でも富豪でもない一介のシングル・マザーが、自分の眼と足と一所懸命働いてつくったいささかのへそくりで蒐集《しゅうしゅう》したものだということに共感を持ってくださった方が多いらしい。何人もの方から「私にも夢ができました」という感想をいただいたのがなにより嬉しかった。
私に夢を与え、夢を叶えてくれた銀座に感謝しよう。

励まされた仙台訪問

仙台で、カナダから来日中のハーピスト大竹香織・美弥姉妹の演奏と私の講演のジョイントで震災支援金集めのイベントを催した。講演には慣れているつもりの私だが、あの大災害を意識すると、慎み深く真面目な話をしなければと緊張してしまい、死生観とか老子の思想とかいつになく身構えて、きちんとレジュメまで作ったのが裏目に出て、どうも調子が出なかった。

それなのにまたすぐ召集令で、今度は仙台のハーピスト渡辺文江さんと組んで、気仙沼と南三陸で仮設住宅暮らしの被災者の方々を慰問するのだという。「自信ないなあ。ああいうところに行くと言葉の無力さにうなだれるのみで」とご遠慮しても、勧進元の宮城大学副学長井上正康ドクターは、あくまでもポジティブな方なのだ。

「いや、いつもの調子で波乱万丈な人生体験でも語ってくれたらいいんですよ」

「だって、相手は、もっと凄絶な人生を体験真っ最中の方々じゃないですか。私ごときの能天気なバカ話なんて、いい気なものだとそっぽ向かれそう」

「じゃあ、料理もつけて食い気に訴えましょう。南三陸では料理講習会もやるから、そこで貴方もお得意の一品を作ってください」

たしかにそのほうが多少はお役に立ちそうで気が楽になるが、地元にある食材で、二十分もかけずにパパッと簡単に作れるものと言われて、また悩んでしまう。この荒涼たる被災地にいったいどんな食材があるだろう。

そこで思い出したのは、従軍記者として暮らしたベトナムの戦場だ。アメリカの部隊に同行している限りは、砲火飛び交う最前線まで補給機が飛来して、携帯食をどんどん落としてくれるが、そんな援護に恵まれないベトナム兵は持参の米を焚《た》き火で炊き、兎を捕まえたり野草を摘んだりして臨機応変に料理する。そのほうがアメリカの缶詰食より美味しかったりするから、私はときどき尻尾を振ってお近付きになっては、一期一会の野戦食にありついた。

ありったけの肉も野菜も香辛料も一緒くたに混ぜ合わせた豪快なご飯の味は忘れられない。それをずっと上品に洗練した「ベトナム風混ぜご飯」のレシピを日本の料理本で見つけたので、私の寺子屋でベトナムの話をしたときに作ってみたら大好評だった。

そうだ、被災地だって戦場なのだから、あれがピッタリじゃないですかとベトナム風混ぜご飯に決定。豚挽肉と野菜数種の現地調達を手配し、入手困難かもしれないエスニックな調味料は東京から持参し、カレー粉、味噌、油、しょっつるなどで代用する日本版も考案しておいた。

二十人の予定が急に四十人に増え、野菜が足りなくなり慌てたが、近くの川べりで芹《せり》とクレソンを摘んできて加えたら一層ベトナム野戦食らしいご馳走になって、めでたしめでたしだ。

その勢いに乗って、講演のほうもベトナム体験を中心に、おびただしい若者の死を看取った思い、サバイバーズギルト（生き残ったものの罪悪感）の克服、逆境に鍛えられた女子供の逞しさなど、被災者の心の傷を疼《うず》かせるであろうことも敢えて語ったら、若い息子さんを亡くしたという女性をはじめ、何人もの方から感動したと涙声でお礼を言われ、私も涙が溢れてしまった。

最後に、京都のブティック「マナハウス」から寄贈されたお土産で、ヒマラヤの僻《へき》地《ち》に住む貧しい母親たちが一生懸命に手編みした彩り豊かなソックスを配ったら、これが大変な喜ばれようだった。やはり厳しく逞しく手を使って働いてきた東北の母たちには、そのソックスにどれほどの手間暇がかかり、どんな思いが込められているかが、痛いほどよくわかるのだろう。

訊いてみれば皆さんそれぞれ悲惨な体験をした方ばかりなのに、愚痴や恨み言を言うでもなく、実に明るく意欲的で、これなら日本は大丈夫という思いが湧いてくる。慰問どころか、逆に励まされたような被災地訪問だった。

いざサバンナへ、親子解散旅行

三、四十代は仕事で海外を駆け巡ることが多く、子供と離れるのも慣れっこで別に淋しいとも思わなかったが、アフリカのサバンナでその壮大な光景に圧倒されたときだけは「ああ、こんなところにウチの子豚たちを放牧してやりたい」と胸が疼いたものだ。

その想いが遂にかなったのは子供たちがすべて巣立ったのを祝い、親子四人で二カ月間世界を巡り歩いたときである。香港とインドを回り、ボンベイ（現・ムンバイ）

からインド洋を横切ってケニアのナイロビに飛ぶ。

まず歓迎の宴がすごかった。「カーニバル」すなわち謝肉祭という名のレストランだけあって、ほんとにお祭りのように火が燃え盛り、その周囲に血のしたたる肉塊《にくかい》を刺したごっつい鉄串がずらりと並んでいる。カンカン帽をかぶった真っ黒なボーイが串をむんずと摑んでテーブルに持ってきてくれるのだが、肉の種類は羊だ鹿だとそのたびに違う。私は牛と鶏しかもらわなかったが、頼めばキリンの肉まであるらしい。

翌朝は牧歌的なプロペラ機で、思ったよりずっと豊かな森の緑を間近に見下ろしながら、野生動物のメッカ、マサイマラ国立保護区へ向かう。丸見えのコックピットでは銀髪のキャプテンが何か投げやりな感じで操縦している。

「彼さ、女かギャンブルで身を持ち崩しアフリカに自己流刑した退役空軍中佐って雰囲気じゃない？　ああいう孤愁漲る男の背中って、なんとなく好きよ」と娘に囁いたら、「私たちのダディーはまさにそのタイプだったわけでしょ」だって。連中、結構わかってるのだ。

きょとんとするほど何もない草原に到着し、迎えのジープに乗り込んで間もなく、木陰に座ったライオン親子のさりげないお迎えに、早くもサファリ気分が盛り上がりかける。しかしまだ道半ばで、ボートで川を渡り、別のジープでまた延々と走っても、目当てのホテルはなかなか現れない。木の間《こ ま》隠れに点在する粗末な緑色のテントがもしかしてその「ガバナーズ・キャンプ」ではという不安がよぎり、「やだー、あんなところに寝たら、虫がウジャウジャ入ってくるよ」「虫どころか象にテントごと踏み潰されるかも」と子供たちが騒ぎ始めた。

遂に到着したガバナーズ・キャンプのレセプションは瀟洒な木造のロッジだったのでホッとしたのも束の間、案内された客室はやはり緑色のテントではないか。ショックに立ち怯《ひる》む子供たちを仕方なく励ましながら、テントのジッパーを開いて中に踏み込んだら、ここでまた驚いた。ちゃんとしたベッドが並び、洋服掛けや三面鏡もある。奥にあるもう一つのジッパーを開けると、バスルームが連結されていて、水洗トイレや湯がじゃんじゃん出るシャワーも完備している。ベッドサイドのカーテンを開けると網戸の窓から爽やかな風が流れ込んできた。

「なあんだ、立派なものじゃないの」とホッとしながらも、大自然の奥の奥まで自国の生活様式をしっかり持ち込んでしまう英国人の傲慢さを感じてちょっと鼻白む。それでいて照明に電気は使わず蠟燭とアルコール・ランプだけでテントらしい雰囲気を出すところがまたニクイ。

ディナーは八時から大きなテントのダイニング・ルームで。テーブル・クロスもナプキンもぴしっと糊が利き、シルバーもグラスも曇りなく磨き上げられ、食前にはうやうやしくシェリーが注がれ、シュリンプ・カクテル、マッシュルームのクリーム・スープ、ロースト・ビーフにポテト・グラタン……と極めてオーソドックスなコースが折り目正しく進み、これではロンドンのホテルにいるのと同じだと不満の虫が蠢《うごめ》いたが、翌朝からはジャーンとばかりに別世界のサファリに狂喜することになった。

野生動物との遭遇

漆黒の夜の底にグゥンと沈み込んだような深い眠りの中に、「マダム、ご起床の時間です」というやうやしいクイーンズ・イングリッシュと魅惑的なコーヒーの香りが忍び込んできた。目を覚ますと純白の制服の黒人ボーイが銀のトレイを捧げてテントのジッパーを開けているところではないか。サバンナにルーム・サービスまであったのだ。

そして六時、車が来て、いよいよサファリに出発だ。まだ真っ暗だが、しばらく走ったところで正面に微かに弧を描いて地球の輪郭が白み始め、その一点に小さく火がともったかと思うとぐんぐん膨れ上がって、たちまちのうちに真紅の太陽が輝き渡ったのである。こんなに鮮烈な日の出を拝んだだけでも、アフリカに来たかいがあると身震いしてしまう。

すっかり明るくなったサバンナの道なき道を進んでいくと、まず出会ったのは象の夫婦で、私と同じ子連れの行進だから、お互い頑張ろうねと手を振ったら、向こうは長い鼻を振って応えてくれた（と思うことにする）。

「ジャッカルだ」と息子のローリーが指差したのは、フォーサイスの『ジャッカルの日』の凄みのある狙撃手とは似ても似つかないしょぼくれた獣で、「なあんだ、首になって落ちぶれたスパイみたい」とノエルにバカにされていたが、その哀れっぽさがちょっとカワイイ。

次は獣の中でも一番お洒落なシマウマの一連隊が、しなやかな身のこなしで駆け抜けていく。ファッションショーのフィナーレのようだ。スタイルではキリンも負けてはいない。なぜあんなに首が長いのか理解できなかったが、広大なサバンナでは、なるほどこれなら遠目が利くし、森の上にも首を出せるし……と、にわかに納得してしまう。ノッポ同士のよしみか、キリンはかれんの一番のご贔屓だ。

私は「サイの角のように独り歩め」という仏陀の言葉が大好きで、何よりもサイに会いたいのに、絶滅寸前まで数が減っているそうでなかなか現れない。「あ、やっといましたよ」とガイドが指差す数百メートル先を望遠鏡で見ても何も見えない。それでもどんどん近づいていくと、茶色い岩のようなものが見えてきて、さらに接近すると本当にわが憧れのサイ様が、半眼で沈思黙考する哲人のようにうっそりとうずくまっていた。私には望遠鏡でも見えなかったものを、ガイドは裸眼で見つけてくれたのだ。彼らの視力は五・〇ぐらいあるらしい。

ノエルが会いたがっていたカバが二頭、沼の中で大喧嘩しているところにも行き合わせた。あの巨体で取っ組み合って水面を浮き沈みしながら、大口を開いてバッコンバッコンかみ合ったりしているのだから壮絶な死闘とでもいうべき場面だろうが、何かとぼけてユーモラスだし、もしかして、これは喧嘩ではなく求愛なのかもと思ってしまうのだった。

このように書いていると、いかにも次から次へと愛想よく動物が現れるテレビの

「わくわく動物ランド」みたいだが、パフォーマンスが商売でもない野生動物に人間の都合なんて関係ないのだから、何時間走り回ってもネズミ一匹現れないことだってあり、娯楽の大洪水にスポイルされた子供たちはたちまち退屈して「ディズニーランドのほうがいい」などと罰当たりなことを口走る。

いや、実際に罰が当たったのかと肝を冷やすアクシデントもあった。車が故障してサバンナの真ん中で立ち往生してしまったのだ。どんどん日が暮れてきて、お昼寝中だったライオンたちもそろそろ夕飯だと舌なめずりしながらやってくるのではと気が気ではなかったが、幸い他の車に発見されて無事帰還できたし、本物の自然とテーマパークとのチガイを子供たちに思い知らせることもできたのだった。

第3章

冒険する女は
かっこいい

最悪の国境

国境への思いには憧れと怖れがせめぎ合う。

私にとって最悪の国境は、二十数年前、北京からモスクワに向かう列車で中国から蒙古に入るときに待ち構えていた。深夜、ガタンと停車する音に目覚めると、剣付き鉄砲を構えた兵士たちがどやどやとなだれ込んできて、一言もわからない言語で喚《わめ》き散らしながら寝台の下から鞄《かばん》の中までめちゃくちゃに引っ掻きまわすのだ。

さらに恐怖が頂点に達したのは、白装束に白覆面で眼だけを出した宇宙人みたいに不気味な女が現れ、黄色い液体が入った注射器を拳銃のように突き付けたときである。

こんな異国の辺境で、正体不明の注射など打たれてはたまらないから、むんずと摑まれた腕を全力で振りほどき、予防注射の証明書を葵のご紋章のように掲げながら必死に抵抗してやっと撃退したが、今も思い出すたびにゾッとする悪夢の体験だった。

あれに比べたら何程のこともないとはいえ、やはり国境では嫌な思いをすることが多い。

お馴染みのアメリカも意外に面倒だ。テロだなんだで神経質になるのは当然だが、それ以前にただのいじめとしか思えない理不尽な言いがかりで善意の旅行者をいたぶる入国審査官が多いのである。

カナダから隣のアメリカへ出かけたときもそうだった。一台の車に私、娘のノエル、孫娘のケイリンとその友達、もう一台にカナダ在住の友人二人で、総勢六人の小旅行である。国境の長い車列で辛抱強く待ち、ようやく出入国ゲートに達して書類を見せても、それだけで通過できる人は少なく、たいていは横の事務所に入るよう指示され、中でもまた長い行列だ。

待ちながらもう一度必要書類を点検する。離婚しているノエルが子連れで国を出るときは、別れた夫の承諾書を所持しなければ誘拐を疑われるし、今回は子供の友達も連れているので、その親の承諾書も必要だ。ああメンド。

幸い問題なく入国を許可されたが、なんの問題もないと思われた連れの二人のほうが意外に手間取っている。入国目的を型通り観光と答えたらなぜだと訊き募られ、グッと詰まったのが敗因らしいが、観光の理由なんて言いようがあるだろうか。

まだ時間がかかりそうなので外に出て待っていると、守衛がさっさと立ち去れと追い立てる。連れに連絡しようと携帯を取り出したら、ここは電話禁止だと叱られるし、車の中で待つのも駄目で「あっちの免税店の駐車場で待ちな」と発車を迫られた。しぶしぶ指示どおり免税店の前まで行ったら、とんでもない罠にはまったようなもので、もう戻るに戻れない一方通行なのだ。

そこにいる係員にいくら事情を訴えても聞く耳持たず「道の真ん中でもたもたするな、まっすぐ進め」と怒鳴るだけだが、進んだらカナダに逆戻りで、再び長い車列の末尾につき、やっと済ませたばかりの出入国手続きを最初からやり直さなければならない。こんなバカなことがあるものだろうか。私は久しぶりに怒り狂ったが、ここは絶交するわけにもいかない国境なのだ。

　この国境線上にピースアーチという壮麗な白亜の門が聳《そび》え立ち、その周囲には米加両国にまたがる美しい公園が広がっている。公園内ではアメリカとカナダを旅券なしで自由に往来できるし、右足でアメリカ左足でカナダを踏みしめて、文字どおり二つの国を股にかけることもできる。島国日本からの客には珍しい国境体験として喜ばれるので、ここは私が観光案内する定番の一つになっているのだ。緑と花と光が溢れる公園で、さまざまな国の人々が三々五々、国境を気にせず楽しげに散策している光景が、地球全体に拡大したらどんなにいいだろう。

北京空港で青ざめた体験

「私は逮捕されるのだろうか」と、北京空港で青ざめたことがある。

帰国便にチェックインするとき、レントゲンで私のスーツケースを透視した税関職員がキッと眉を寄せて何ごとか叫び、たちまち他の職員も集まってきてその場に険しい緊張が走った。荷物を開けなさいという命令の居丈高な口調はただごとではない。

能天気な私も、ようやく気がついた。北京で買ったばかりの骨董がひっかかったのだ。

二百年以上古い物は国外持ち出し禁止だとか、もっと新しくても骨董である限り当局の許可が要るということは一応聞いていたが、それは建前に過ぎないと無視する人がほとんどで、私も中国から幾度となく平気で骨董を買って帰り、一度も咎《とが》められたことはなかったのである。

しかし、ここではそうはいかなかった。徹底的に荷物を調べ、出てきた骨董を鬼の首を取ったような手柄顔でつきつける係官に、私は素直に非を認めざるを得ないのだった。

「この乾隆《けんりゅう》の硯《すずり》は公営の骨董店で、外国人客として堂々と買ったものです。いけないのなら売るべきじゃないでしょう」とか「清の染付けは露天市場で埃をかぶっていたガラクタの山から拾い上げたんですよ。私が救い出さなければゴミになるしかなかったのに」とか、言いたいことは山ほどあったものの、そんな抗弁が今更なんの役にも立たないこともわかっていた。

結局せっかくの掘り出し物をすべて没収されたうえ、飛行機にも乗り遅れてすごすごとホテルに引き返すことになってしまったのである。

当然口惜しくて堪《たま》らなかったが、一方には「これでいいのだ」という思いもあった。

負け惜しみではなく、外国で骨董を買うたびに感じた内心の葛藤に、やっと決着がついたような気がしたのである。どこの国であれ、歴史的文物は国民の貴重な宝として保有するのが筋だろう。

ロンドンの大英博物館を見学したとき、よくもこれだけ集めてくれたものだと感嘆しながらも、海賊の略奪品の山を見せびらかされたような反発も感じた。このアンビバレントな感情は、どこの博物館でも美術館でも、多かれ少なかれつきまとってくる。

特に貧しい国の古代遺跡から持ち去られた文物を見る思いは複雑だ。先進国の学者や鑑定家がいち早くその価値を認めて発掘や保護に努めてきたからこそ、今も無事に存在し、広く展示され、私たちも自由に鑑賞できるのだから、たしかにありがたいことでもあるのだが、本来の居場所からかどわかされ遠い異国の飾り窓に閉じ込められている美女の身になってみるとなにか哀しい。

芸術は国境を超越した存在であり、出自などにこだわらず世界のどこであれ輝いていればいいという意見も、また正しいだろう。しかし例えば、戦争中に中国各地で日本の兵士たちが切り取ってきた夥しい仏像の頭とか、戦後進駐した米軍のＧＨＱがその驚くべき調査力にものを言わせて日本中から二束三文で買い集め持ち去った古美術品に、私は幸福な輝きを感じない。

やはりなるべくなら、美術品もその生まれ故郷で、母なる歴史や風土や民族の懐に抱かれて生きるのが一番幸せだろう。交通手段が発達した現代では、ときには世界を旅してあちこちに顔を見せてくれればいいのだし、世界中から人々が旅をして会いに行くこともできるのだ。


私のそういう思いにぴったりの幸せな美術品の棲家《すみか》を、最近訪ねることができた。南米ペルーの首都リマにある天野《あまの》博物館である。昭和初頭パナマに渡り起業に成功してみるみる版図を広げ、南米一の日本人事業家として名を馳せた天野芳太郎氏が、謎の空中都市マチュピチュ遺跡に衝撃をうけて考古学にのめりこむ。

日米開戦でいったんは帰国を余儀なくされるが、戦後復帰して事業の再建に成功すると、莫大な私財を惜しみなく投じてアンデス古代文明の遺跡発掘に熱中した。そしてそれまで見向きもされなかったチャンカイ文化の独特な魅力に着目し、「チャンカイは現代よりも身分や貧富の差が少なく、人々がのびのびと創意個性を発揮し合う、豊かに成熟した社会だった」と主張する彼は、夥しい発掘品で見事にそれを証明してみせた。

ペルーの宝を売って儲けるとか海外に流すなど滅相もないことだと、彼はまた自費で博物館を作り、数万点に及ぶ土器と織物を収蔵し一部を展示することにした。小さいが内容極めて濃密なこの博物館に私はたちまち深く魅せられた。天野氏の遺志で入館料をとらないばかりか、ボランティアのガイドがつきっきりで、豊かな知識と愛に溢れた解説をしてくれる。

当然財政は厳しいようだ。私は帰国するなり、日本ペルー協会の中にある「天野博物館友の会」に五千円の年会費を送って入会を申し込んだ。フジモリ大統領はこけてしまったが、日本とペルーの魂が熱く結び合ってアンデスの遺宝を守るこの博物館だけは、永遠に健在であってほしいのである。

香港の屋台

十九世紀末期に英国は中国の領土である香港の租借契約を結んだ。同じ頃にカナダでもインディアンの土地をたくさん借り上げた。もう以前のような力ずくの収奪は難しい時勢になっていたのだ。とはいえ、九十九年という租借期間は、当時の関係者にとっては永遠に等しかったろう。

しかし着々と時は過ぎ、返還期限が目前に迫った二十世紀末にはちょっとしたパニックが巻き起こった。共産主義体制に呑み込まれるのを怖れた香港人がどんどん逃げ出し、その多くが雪崩《なだ》れ込んだバンクーバーはホンクーバーと渾名《あだな》される有様で、不動産バブルが白人を郊外に追いやり、ビジネスも辣腕《らつわん》チャイニーズに次々攻略された。また、インディアンの土地の住民は、立ち退きや地代の高騰の恐怖に青ざめた。

かつては七つの海を制した大英帝国の誇り高き臣民の後裔《こうえい》が、切ない思いを嚙み締めているのを横目に、能天気な私は「はは、驕れるものは久しからずよ」と嘯《うそぶ》きながら、ホンクーバー化の最大のメリットである中華グルメの花盛りを愉しんだ。

しかし今や日本も奢れるものは久しからずと哀れがられる国になってしまった。やがては海外旅行も難しくなりそうだが、とりあえずは不思議な円高を頼りに、まだまだ旅道楽を続けようと、まずは香港にやってきた。返還直後に一度訪れて「やっぱり元気がない、詰まらない」とがっかりして以来十年ぶりの香港だ。

ところが元気も元気、返還前を上回る大元気ではないか。北京や上海みたいに迷子になるほどの大変化はないが、明らかに清潔度は上がり治安もよくなった。かつて老朽化した高層スラムビルが互いに寄りかかるように林立し、香港の「闇」の巣窟《そうくつ》と言われた「九龍城」もキレイに取り払われているのを見て、「飛鳥の処女航海で香港に来たとき、乗客仲間と九龍城近くで最後の晩酌をしたあとの暴挙を思い出した。

遅くなり出航時間が迫るのに雨でタクシーが全然来ない。やっと一台捕まえ、決死の形相で無理やり十人全員が押し入り、天井までぎゅうぎゅうに折り重なって発車させたのだ。私はビオラ奏者の村山勝美さんと一卵性双生児状態で、彼女の繊細な腕を圧《お》し潰さないか心配でたまらなかった。今ではあんな無法は絶対不可能であろうと思うと、「何でもあり」だった昔がちょっと懐かしい。

でも何より懐かしかった大排檔《ダイパイドン》と呼ばれる屋台群は今も健在でホッとした。屋台といってもリヤカーに一式くくりつけたような移動屋台は七十年代から原則禁止だが、ちゃんと抜け道があるのが香港だ。食堂が自分の店の前にテーブルを出すのはオーケーだから、その店がバラックなら結果的に屋台と同じで、濃厚な街の風を感じながら食事ができるのが嬉しい。

それに大排檔独特の美味が多いし、古老たちによると、もう香港になくなってしまった古い味にも巡り合えるそうである。だから私はできるだけいろいろな物を食べてみたいので、麺だけ、魚蛋《ユイタン》（つみれ）だけ、臭豆腐の揚げ出しだけといった専門店を巡り歩いてあれこれつまみ食いしてから、海鮮料理の専門店に腰を落ち着けて仕上げにかかる。こういう店には昔の水上生活者の料理もあったりして、蒸したスープなどの繊細な味わいに驚かされる。香港一の名店、福臨門の味はここの料理を磨き上げたものだという説があり、私も同感だ。

海外に遁走《とんそう》する金持ち連を泰然と見送り、怖れず怯まずマイペースで暮らし続けた大排檔の庶民たちこそが、香港の本質を守る真の香港人なのだ。

谷川岳を眺めながら

筋金入りの海オンナで、山には冷たい私が、山男の東大生に強引に誘われ人生最初に（そして最後に）登った山が無謀にもあの谷川岳だった。

土合《どあい》にある東大寮に泊まって払暁《ふつぎょう》に出発し、はじめのうちこそルンルンで「わあ、この清冽な空気、岩から迸《ほとばし》るような地球のエネルギー」などと感動していたけれど、二、三時間後にはもうアゴを出し始めた。それでもまだ二十歳前の若さだったから意地でも何とか頑張って登頂を果たしましたよ。しかし下りが予想外にきつく、遂には足首を捻《ひね》ってダウン。彼に背負われて下山する羽目になったのだ。

男ってすごい、自分一人下るのさえ大変なのに、よくもまあ私まで担げると感心したものだが、あのとき男女の違いを思い知らされたのが、私があまり過激なフェミニストにはならなかった遠因かもしれない。

その逞しい彼とは、やっと辿り着いた麓の宿に泊まり、抱かれるようにして混浴の温泉にも入ったのに、結局キスひとつしなかった。あの頃の若者は純情だったなあ。

何年かして再会したとき突然求婚されたけど、私は既に隠し子出産大作戦の真っ最中。今頃言っても遅いよと内心苦笑しつつ、当たり障りなくお断りしたのだった。

「その後、幸せな結婚をしてくれたかな、元気かな、もう後期高齢者なんだよね」と、彼のことをふと思い出したのは、谷川岳に遠からぬ高崎で足湯に浸かりながら、かつて捻った足首を見下ろしているときだった。

そこは正式には*ホロトロピックハイルシュトーレンという最近評判の薬石イオン浴である。戦争中にヒトラーがオーストリアで金を掘ろうとして失敗したが、掘削《くっさく》に従事していた作業員たちが不思議に健康になったことから鉱山の薬石効果が注目され、ハイルシュトーレンという治療坑道として名を馳せるようになる。癒しを求めて世界中から人が集まり、その八割は主訴に改善が見られるというデータがあるそうだからすごい。

高崎で歯科医院を営む清水英寿《えいじゅ》医師も現地を訪ねて感動し、日本版シュトーレンを作りたいというドン・キホーテ的情熱に衝き動かされ、採算度外視で贅を尽くした施設を造り上げたのだ。さすがに坑道ではなく地上の建物だが、オーストリアから輸入した十トンもの鉱石で内壁を覆ったり、坑道をイメージした天井に神木で梁を渡したり、隅々までもう半端ではない凝りようである。


さて薬石イオン浴の体験だ。床に豊富に敷き詰められた玉砂利に身体を埋めて横たわっていると、まさに石焼芋のように芯からほくほくと温まりつつも、頭はしんしんと鎮まり魂が山奥の湖水のように澄みわたる。鉱石のさまざまな効用は聞くはしから忘れてしまったが、この世離れしたあの気持ち良さは忘れられない。

順序が逆になるが、薬石浴に先立って用意された足湯がまた独特だ。ゲルマニウム、珪藻土《けいそうど》、トルマリン、翡翠《ひすい》、珊瑚《さんご》、酸化チタン、岩塩などが用いられたと聞くとものものしいが、見たところは普通に澄んだ湯が、昔ながらの木桶で足元に置かれる。すぐさま足を突っ込んだりしたらアッチッチと悲鳴を上げるだろう。

なんと湯温は六十度。だから足の裏で表面に軽く触れるくらいから始めて徐々に慣らしていく。湯のほうも徐々に冷めていくから、やがてはどっぷり浸けることができる。面倒なようだが、この過程や熱さの刺激にそれなりの意味があるらしい。

高崎といえば、私が生まれた頃デビューしたデゴイチことＤ51蒸気機関車が、この夏もイベント列車としてここを元気に走る。私も乗ってみようかな。懐かしの谷川岳も見えるだろうし。

＊ 現在は営業休止中。

馬で通勤してもいいですか

恥をしのんで告白すれば、私は自転車に乗ることができない。最初の練習で激しく転倒して怪我をした幼時のトラウマを克服しないまま年をとってしまったのである。

それから、これは恥じるどころか誇らしく宣言するのだが、自動車の運転免許も持っていない。社会に多大な負荷をかける車の増殖にいささかでも抵抗するべく、少なくとも私自身は一生運転をせずマイカーも持つまいと誓ったのである。

車に乗るのは好きだが、あくまでも乗客に徹して、一台に乗る人数を増やすカープールに協力し、その車の社会的費用の軽減に貢献するつもりだった。だからいつでも大威張りでヒトの車にパラサイトして、盛大にドライブを楽しんできた。

東京では車がなくても別に不自由を感じなかったが、子供たちを連れてアメリカの田舎町に移り住んだら、公共交通機関など何もないし、歩ける範囲には店一つないので、私もさすがにちょっと考え込んでしまった。それでまず頭に浮かんだのは馬である。

私は乗馬が得意で、文藝春秋の編集者時代には、夏になると軽井沢で馬を駆って原稿取りに回ったりしたのはいいけれど、ある作家に「B社の婦人記者が馬を門柱に繋ぎ、しなやかな鞭を鳴らしながら玄関に現れた」などと書かれて、編集長に「これは君だろう、もう少し常識的な身動きはできんものかね」と叱責された。しかし、ここなら馬も常識の範囲かもしれないと幾つかの農場に問い合わせた結果、いくらアメリカでも普通の住宅で馬を飼うのはやはり無理だと諦めなければならなかった。

それで極めて常識的な自転車を子供三人にそれぞれ買い与えたが、自転車に乗れない私はどうしよう。そこでひらめいたのが幼い頃に上海で習ったローラー・スケートだ。早速買ってきておそるおそるはいてみたら、何十年経っても身体はちゃんと覚えているもので、即座に足が動き腰も回って滑り出したのだ。これで問題は解決し、子供は自転車、母親はローラー・スケートの一連隊がスイスイと林を往き町を往き、アメリカの車人間たちの目を見張らせた。

私はスポーツ嫌いだが、乗馬、水泳、スキンダイビング、それからグライダーには熱中したし、最近はカナダの海でカヤックにはまっている。いずれもつまり散歩の延長のようなもので、競争する必要もなく、厳しい訓練もいらず、マイペースでとろとろ楽しめるところが私向きなのだ。しかも今流行のエコロジーと健康志向にもぴったりではないか。流行など気にしないで生きてきたのに、流行のほうが追いかけてくるみたいで、なかなか気分がよろしい。

エコロジカルで健康的でしかも経済的といえば、やはりなんといっても自分の足で歩くことだが、これこそ私が最も得意とするところである。

私は旅に出たら観光より街歩きという文化派だったが、五十過ぎてカナダのバンクーバーに林住庵を設けた頃からどんどん自然派になり、ひたすらに自然を逍遥《しょうよう》して飽きることがない。バンクーバーは住宅地と森と浜辺が親密に共存する世にも美しい街である。

その森たるや立派な原始林で、遊歩道を作る以外は一木一草手をつけないというポリシイが厳しく守られ、老い朽ちたり雷に打たれたりして倒れた大木がそこここに横たわったまま苔むし、その上に宿り木が根を張り枝を広げていく。種の多様性とバランス、生命の循環と再生など、そのまま人生にも重なるドラマティックな光景が犇めき、歩くたびにみずみずしい感動に満たされる。

私にとってウォーキングは単なる健康法の域を超え、歩く気功であり瞑想でもある。とりわけこの森歩きは、サムシンググレイトの気配をひしひしと感じて、深い畏敬の念を覚えずにはいられない祈りのときである。

パッセンジャーの流儀

私はマイカーを持ったことがない。なぜかといえば断固として運転をしないからである。

「しないなんてカッコつけちゃって。要するにできないだけのことじゃないの」と友達はバカにするのだが、憚《はばか》りながらこの私、馬で野を駆け、アクアラングで深海に遊び、グライダーで空を滑るお転婆なのだ。車を転がすぐらいのことはできないはずがあるものか。あえてハンドルを握らないのは立派な主義主張があってのことである。

若い頃、経済学者宇沢弘文氏の名著『自動車の社会的費用』を読んで熱烈に共鳴した。私の周りの車持ちの友達は、みんなガソリン代が高いの車検がどうのと車に関わる個人的費用についてはやかましく言い立てるくせに、その車に社会が強いられる負担についてはまったく知らん顔なのだ。それに義憤を感じて「私は生涯車なんて持たない、転がさない」と宣言してしまったものだから、以来しばしばマイカーの誘惑に駆られながらも、ついにいままで意地を通してしまった。

幸い日本は公共交通機関が発達しているし、タクシーもどこでもつかまる。かなり気ままにタクシーを乗り回しても、マイカーを持つ費用を思えばタクシー代などしれたものである。そして駐車の心配もなく、目的の場所にスッと降り立てるし、帰りを気にしないで心ゆくまで美酒を酌み交わすこともできる。

それにひきかえマイカー族は、いつも血眼で駐車場を探し、やっと止めても食事代を上回るぐらい駐車料をとられ、せっかくのご馳走を前にろくろくお酒も飲めないという気の毒な有様だ。

「不便なことよねえ。貴方たちって、まるでお車サマの奴隷じゃないの」と私はそのたびに凱歌を揚げ、とぼとぼと遠い駐車場に向かって歩き出す連中を尻目に、颯爽とタクシーに乗り込むのである。

若気の至りの青臭い正義感から始まった私の反マイカー主義は、正直言っていささか痩《や》せ我慢でもあったのだが、最近いよいよ深刻になる環境問題や交通問題を見るにつけ、やはり私一人だけでも遠慮しておいてよかったとつくづく思うのだ。

しかし私はマイカー人種に負けず劣らずドライブが大好きである。ドライバーにこそならなかったが、パッセンジャーとしては立派に年季を積み、それなりのマナーやノウハウを身につけた大ベテランになった。

友達の車に乗せてもらうことに遠慮はしない。「走らせるからには一人でも多く乗せて、車の社会的費用を軽減するべきなのよ」と大威張りである。

アメリカやカナダではカープールの習慣がかなり定着している。初めは車のプールというのだから駐車場のことかしらと思っていたら、プールするのは車ではなく人のほうで、出勤とか子供の送り迎えを近所の人々と当番制にして、なるべく一台の車に大勢で乗り合うようにすることだとわかった。三人以上乗っていないと走れないレーンがあったりして、一人だけの車はかなり不利である。だから私のような便乗組はいよいよ肩身が広いのだ。

かくて誇り高きベテラン・パッセンジャーとなった私だから、当然タクシーとはとても相性がいい。

タクシーの座席にドサッと身を投げ入れるときの安堵感がまず好きだ。そしてドアが閉まると、そこは一つの異次元である。

道端で見も知らぬ人間を拾って車に乗せ、無防備の背中を向けて運転するなんて、ずいぶん大胆なことだなあ、でも見も知らぬ人にぱっと生命を託してしまうんだから私だって大胆だなあと、ふと感心したりしながら、窓に貼られている運転手さんの写真と名前をしみじみと眺める。束の間とはいえども運命共同体となったこの人は、一体どんな人生を生きているのだろうかと想像力を膨らませて飽きない。

運転の仕方、道の選び方が「おっ、おヌシできるな」という感じでピタッピタッとはまる運転手さんに出会えたときは、職人魂とか匠の技とかいった言葉が浮かんできてわくわくする。

しかし最近は一見ベテラン風の中高年運転手でも、びっくりするほど道を知らないことがある。きっとどこかの会社をリストラされてタクシーに活路を求めた俄《にわ》かドライバーなのだろう。その苦労を思えば、きついことを言う気にもならない。「すみません、新米なので」と素直にアドバイスを求めてくれたら、こちらがナビゲーターを務めるのもまた楽しいのである。

そんなときに備えてときどき道路地図を眺めるのも私の趣味の一つである。パッセンジャー道もなかなか奥が深いのだ。

ロスアンゼルスで「ER」初体験

ロスアンゼルスは三十代初めの私が、人生で一番貧しく危うくワイルドな日々を過ごした街だ。そのおかげで大宅賞受賞作『淋しいアメリカ人』が書けたという恩義もあるのに、〃淋しい日本人〃だったトラウマが疼きそうで長い間足が向かなかったLAを、ミャンマー寺子屋建設支援講演会のため、久方ぶりに訪れた。

会場はリトル東京にある浄土宗の広壮な寺院だが、その周辺はホームレスの巣窟で、夜にキャンプ場のようにずらりとテントが並び、朝には排泄物やゴミがいっぱい残されている。それを黙々と始末なさる住職は、「われわれの修行は一に掃除、二に勤行《ごんぎょう》、三に学問ですから」と爽やかに微笑んでおられる。えらいなあ。

日本でもホームレスは珍しくないが、そこに行き着くまでの速度はアメリカがダントツだと思う。何しろ家も車も何もかもローンで買うお国柄だから、失業した途端に全てを失い、掴むものなど何もない絶壁を、あっという間に谷底まで転落してしまうのだ。

ホームレスといえばむさいおじさんかと思いきや、背広に着替えたら、そのまま一流企業のオフィスビルに出勤してもおかしくないような人種が少なくない。思えばかつての私だってホームレスになって不思議はない状況だったのだし、どうも他人事には思えない光景なのだ。

講演会は、普段お寺には縁のない女性も大勢詰めかけ、その多くが私の愛読者だと名乗って下さるのは嬉しいことだった。

「先生のご本に励まされ思い切ってアメリカに来たお陰で今の幸せがあるので、一言お礼を申し上げたくて」というような方も少なくなかったのは冥加《みょうが》に尽きるが、逆に不幸になった人だっておられるだろうに、その声は聞こえてこないのだろうなと思うと、物書きの責任がグーンと重く感じられるのだった。

私より数年遅れて、やはり徒手空拳《としゅくうけん》のシングル・マザーとして渡米し、旅行業界でみごと成功した前川ハコさんが、バンクーバーの林住庵にいらして仲良しになったので、今回は私のLAセンチメンタル・ジャーニーをエスコートしてくださるという。

それで、まず、LA最後のボーイ・フレンドのヨットに居候していた日々を偲《しの》ぼうと懐かしのレドンド・ビーチまでドライブしたら、もうすっかり観光地で、あまりの変容にセンチメントも吹っ飛び、「もう昔はいいから、今一番華のあるところで遊ぼうよ」と、方針変更して、サンタモニカで終日楽しんだ。

ところが、LAに来るなり取りつかれた風邪がどんどん悪化して、ものすごい咳で息が止まりそうになり、とうとう病院の救急に駆け込む羽目になってしまった。意外なほど親切な対応で、ロビーで待たされることもなく、すぐ診察室に通され、割烹着みたいな背中開きの患者着に着替え、暖められたベッドに横たわることができた。

アメリカのテレビで一の贔屓の医療ドラマ「ER」の本物を初体験するのだから、瀕死の馬のようにヒンヒン嘶《いなな》きながらも、半ばわくわく観察怠りない私の前に、ジョージ・クルーニーとまではいかないが、十分ドラマ級のイケメン・ドクターが現れる。

オオッと色めき立ったが深夜の当直の超多忙で、義経の八艘《はっそう》跳び状態だから、素早く聴診し「軽い肺炎を起こしているかもしれませんね」とレントゲンの指示だけして消えてしまう。そこへラテン系の看護師が大量の書類を抱えてきて、これを読んでサインしてくれとバサバサ手渡すのである。

読んでみると、「宗教はありますか」「遺書は作成しましたか」「臓器を提供しますか」「貴方に代わって意思決定するべき人を指名しますか、それとも医師に一任しますか」などなど、たかが風邪でここまで訊くかと驚くほど重い質問が目白押しで、ドッと疲れた。

しかし幸い大事なく、その夜のうちに釈放され、帰りの飛行機にも間に合った。この病院体験でいろいろ思うところも多かった私の、今年の書初めは、正式な遺書である。

第4章

身近なところに発見がある

神に祝福された地、我が葉山

　私が育った葉山は、町村合併や改名ブームなどどこ吹く風で、昔も今も神奈川県三浦郡葉山町である。

　緑深い山を背にして正面に富士山を望み、眼下には穏やかな相模湾という、まさに葉山の中の葉山という環境の我が旧居は、とっくの昔に身売りして某大企業の保養所になり、さらに庭も潰して巨大で反自然的なビルに建て替えられ、傲岸不遜に辺りを睥睨《へいげい》している。それを見るのが哀しくてしばらく足が遠のいていたが、長女かれん一家の別荘ができてからは、我が物顔に頻々《ひんぴん》と里帰りするようになった。

明治の元勲の一人、金子堅太郎伯爵の別荘だったこの家は、建物といい庭といい景色といい、まるでデジャヴのように懐かしの旧居にそっくりだ。残念ながら富士山だけは、ちょっとした角度のずれで視野からはずれるが、代わりに葉山御用邸と長者ヶ崎を俯瞰《ふかん》する、やはりもっとも葉山らしいスポットである。

来るたびに、ああ、なんて気持ちのいいところなんだろう、来てよ、見てよ、これが私の故郷なのよと、ついつい人を呼び集めたくなる。

今も我が寺子屋「森羅塾」の仲間たち十人余りと賑やかに合宿中だ。

しかし、いざ彼女たちをどこかに案内しようと葉山を見回しても、しおさい公園とか、花の木公園とか、森戸神社とか、近所の散歩としてはまあまあでも、遠来の客がわざわざ見物するほどの代物ではないところばかり。

石原裕次郎の三回忌に点灯された裕次郎灯台と記念碑は、いちおう全国区なのだろうが閑散たるものだし、名物として知られているのは肉屋のコロッケぐらい。そうかあ、葉山って観光地じゃないんだと今更ながら気がついた。たしかに観光地にしては妙に気位が高く愛想がない。今もなお葉山の象徴は別荘なのだ。

『葉山の別荘』という面白い写真集があるが、それに出ている明治大正の頃の別荘マップを見ると、当時の貴顕《きけん》、名士たちの別荘がまさに綺羅星《きら》のように無数に点在している。そのほとんどは既に消え失せ、わずかに生き残った別荘がこの写真集で紹介されているのだが、いずれも今どきの金持ちの絢爛たる豪邸とはずいぶんと趣が違い、侘《わ》び寂《さび》志向の風雅な家が多い。

いま合宿中の金子別荘もその一つで、質素な家だが隠し味のように、見えない贅沢があちこちにちりばめられているし、一階は重厚な田の字形の農家を移築したものなのに、二階には京都の旧家の優雅な数寄屋造りが載せてあるという不思議な凝りようなのだ。

昔の名士たちの多くは書を能《よ》くし、歌を詠み、茶を嗜《たしな》み、漢詩や謡曲に親しむ教養人だったが、そのまた多くが葉山に惹きつけられ、競って別荘を作ったのである。彼ら亡き後も、どことなく残るその気配が、葉山の品格になっている。ここはやはり神に祝福された土地なのだろう。

神様は気難しく、気紛《きまぐ》れにやってくる旅人より、この土地にコミットした住人を露骨に贔屓する。そういえば私も、その神様の子分気取りで、夏になるとワッと押し寄せて浜辺を埋めるヨソモノ海水浴客を、「ボウフラが湧いた」とバカにするイヤなガキだった。急激な日焼けで因幡《いなば》の白兎状態のボウフラがヒイヒイ呻《うめ》きながら退散し太陽も沈んだあと、われら土地っ子は穏やかな残照の海で悠々と泳ぐのだ。

まあ、驕れるものは久しからずで、別荘族のほとんどは没落して葉山を去ったが、多くの別荘が普通の住宅やマンションに変わったから、葉山の住人は昔よりずっと増えたはずである。

葉山に台所がある幸せを、客が来るたびに実感する。今夜もまず筍ご飯、ナマしらす、鯵と鯛の刺身、サザエのつぼ焼き、金目鯛の煮つけ、山菜の天ぷらと新鮮な地元の味のオンパレード。料理ともいえないほど簡単なのに、最高に美味しくて、「これが葉山よ」と大威張りできるのだ。

箱根オーソドックス旅

男の子は乗り物派、女の子は人形派と相場が決まっているらしいが、私は幼いときから断固として乗り物のほうが好きだった。そもそも人生の最初の記憶が上海航路の客船のデッキで波飛沫《なみしぶき》を浴びている場面なのだ。海が荒れに荒れ、ほとんどの船客が船酔いでダウンしている中で私だけが元気に駆け回り、キャプテンに、「男の子なら船長になれる」と褒められた。

長じては世界を股にかける旅人になったが、飛行機でも汽車でも車でも、ともかくそれに乗り込むたびに子供のようにわくわくし、「やったー、さあ、これからの時間は煮て食おうと焼いて食おうと私の勝手」と歓声を上げてしまう。

乗り物というのは目的地に到着するだけでモトをとれるわけだから、移動中の自由時間は丸儲けだし、そのうえ景色や道連れやお弁当まで楽しめるのだから、こんなにトクなものが他にあろうかと思うのだ。

この間、新緑に誘われて箱根に出かけたときは、まず新宿から小田急のロマンスカーに乗り、箱根湯本から箱根登山鉄道に乗り換えて、窓に迫るみずみずしい緑に目を洗われながら強羅《ごうら》まで。

そこからケーブルカーで地球の吐息のような湯煙が立ち上る大涌谷《おおわくだに》へ。ここでは真っ黒な温泉卵を立ち食いしてロープウェイに乗り込み、眼下の絶景を鳥の気分で眺めながら桃源台に至る。ここからは「海賊船」で芦ノ湖を突っ切り、箱根町に上陸という乗り物フルコースを堪能した。

それぞれ快適だったが、とりわけズシリと心に残ったのは箱根登山鉄道の悠々たる貫禄だ。老齢にもかかわらず頑健な足腰は、若い鉄道に勝るとも劣らない。運転手と車掌が入れ替わって逆行する「スイッチバック」を幾度も繰り返しながら、「天下の険」を征服する運転には、大自然に挑んだ開拓者の英知を実感した。

箱根にはやはりオーソドックスがよく似合い、まさに王道を往くという感じの汽車旅行だった。次回は孫たちを引き連れて、また大長老に会いに行こう。

ラリック美術館の衝撃

自然派を名乗り始めて久しい私だが、絶海の孤島や密林の奥深くでも悠々自適できるほどの真正ナチュラリストではないから、文化なしには生きられない。しかし自然と文化の両立は容易ではなく、どちらかを欲張りたければ、もう一方は多少我慢しなければならないのが世の習いなのだ。

それでも箱根くらい洗練されたリゾートともなると、食文化に関してはもう都会に遜色なく、むしろ地元の新鮮な素材を生かして、まさに自然と技が相擁《あいよう》した美味を供する魅力的な店が珍しくなくなった。それればかりか、超一流のアートまで待ち構えていることを遅ればせながら知ることになる。

そういえば噂は聞いていた。しかし東京人の傲慢さで、「何も箱根まで来て美術館でもないよね、所詮観光地のアトラクションでしょ」と高をくくって、もっぱら自然にばかり眼を向けていたのだ。しかし最近、たまたま雨に降り込められたことが幸いして美術館巡りをすることになり、「わあ、すごい。このためだけに箱根に来る価値があるじゃない」と不明を恥じたのである。

内外の有名画家を一網打尽のポーラ美術館も、侘び茶の美意識に徹した箱根美術館もたいしたものだが、とりわけ鮮やかな個性が冴えわたる箱根ラリック美術館に私は夢中になった。

ラリックは一九二五年にパリで開かれたアール・デコ博覧会に「フランスの水源」というガラスの噴水を出品して絶讃を浴び、以来アール・デコ時代を代表するガラス工芸家として夥しい作品を世に送り出してきた。しかし十九世紀末に花開いたアール・ヌーボーの時代に彼が宝飾デザイナーとして活躍していたことはもう遠い伝説となり、その現物を眼にする機会は滅多にない。

ところが驚いたことに、箱根ラリック美術館はなんとその幻のラリック・ジュエリーの宝庫だったのである。日本にもこんなに粋なコレクターがおられたのか、その方が金に糸目をつけない方でよかったと涙が出るほど嬉しくて、私は一日中館内を右往左往し続けたのだった。

温泉という愉楽

私の古稀祝いに、長女のかれんが家族揃っての温泉旅行をプレゼントしてくれた。なにしろ私には子供三人孫七人もいるのだから、家族旅行といっても立派な団体さまご一行である。

しかし庶民派の私やノエルと違って、かれんはやたらと美意識が厳しいから雑駁《ざっぱく》な宿では駄目だし、面が割れているからプライバシーを守らなければならず、大浴場などは論外なのだ。しかも子供ぞろぞろとなれば、ただ贅沢で優雅な宿で内湯があるというだけでは足りず、プールがあったりメニューを選べたりする宿にしたい。

箱根ではその条件を満たす宿をやっと見つけて贔屓にしているのだが、今回は一度九州に行きたいし、夫の写真家・上田義彦が撮影して大変気に入ったという由布院の御三家、玉の湯、亀の井別荘、無量塔《むらた》のどれかに泊まってみたいと言う。それで次々電話してみたら、残念ながら玉の湯はいっぱいだったが、他の二軒にそれぞれ一泊することができた。

いずれも評判どおり素晴らしく、甲斐性のある娘を持った仕合わせに浸ったけれど、凝った料理も風雅なインテリアも子供たちにはまだ豚に真珠だし、莫大な飛行機代まで考えると、貧乏性の私はああもったいないもったいないと思っておちおちとしていられないのだった。

かれん一家が帰京したあとも、私とノエルは、「せっかく九州まで来たのに二日で帰っちゃもったいないよね」と、ローカル列車でとろとろと移動しながら身の丈にあった温泉旅行をゆっくりと楽しんだ。

そして心身ともにどんどん元気になり、改めて温泉の力を思い知った私たちは、「こんな環境にいたら長生きするだろうなあ」と温泉地を羨んだのだったが、考えてみたら東京だって一時間足らずで行ける箱根で、さまざまな温泉を選《よ》り取り見取りできるのだ。気軽な日帰り温泉もあちこちにあるのだし、「そうかあ、その気になれば毎週末でも温泉に入れるところに住んでいるわけだ」「そうよ、行かなきゃ損だから、ちょくちょく通いましょうよ」と頷きあったのである。

四回目の骨折で湯治の旅

病気知らずの私だが、医者いらずとは言えない。なにしろお転婆で怪我が多いから、整形外科にはずいぶんとお世話になった。そしてまたやってしまったのである。還暦以来四回目の骨折だ。

若い頃は乗馬などで豪快にガキンと折れていた骨が、近頃はただ転んだくらいで、陰険に音もなくぐしゅんと折れる。だからつい骨折に気づかず行動してしまう。

前回、採ろうとした柿の枝が折れて脊椎《せきつい》を圧迫骨折したときも、翌日旅に出て十日余りほっつき歩いた後で発覚したし、今回は転んで打った膝の痛さに呻きながらも仕事で出張し、帰京後に脛骨《けいこつ》が割れていることがわかったのである。

その脚をギプスでミイラ状に固められてからというもの、たかが脚一本使い物にならないだけで、こんなにも不自由なのかと思い知り、身体の構造と機能の完璧さ、精妙さに、感嘆と畏敬の念を深める日々だった。

それで柄にもなく神妙に蟄居謹慎していた甲斐あって、経過は順調で、ギプスがかなり縮小されたうえ、「外して入浴も可能ですよ」と主治医から嬉しい許可が出た。「ということは、温泉に行ってもいいわけね」と、得意のポジティブ・シンキングで拡大解釈した私、たちまち箱根に向かって勇躍出発したのだった。

もちろん一人で身動きできるはずもないが、優れた霊能力者アマノコトネさんが、テレビ局などのロケバスの運転が仕事という屈強な青年を伴ってエスコートしてくださるというので、鬼に金棒もいいところなのだ。

折からの大雪で、高速も大渋滞。このまま立ち往生かと肝を冷やしたが、「温泉の神様、可哀相な脚を見放さないで」という必死の祈りが通じたのか、突然ウソのように晴れて無事湯本に到着する。

宿は天山湯治郷「羽衣」だ。逗留湯治を標榜《ひょうぼう》する「羽衣」は、立派な玄関や大袈裟な出迎えもなければ、宴会場も遊戯場も土産物屋もないのに、図書室は充実していて、さりげなく贅沢な椅子や暖炉の炎で深く心が鎮まる。

八室だけの客室はこぢんまりと簡素で、どうせ無用なバスなどついていないが、トイレと洗面台は完備だし、お茶を淹れたり布団を敷いたりはセルフサービスというのも、自由人にはむしろわずらわしくなくてよろしい。

いい年をして今更貧乏ったらしい節約はご免蒙るが、この宿のご主人は半端でないエコロジストで、本物を知り尽くした教養人でもあろうと思われ、その高い志と気品が漲る良質な時空間に、快く心身を委ねることができる。しかも贅肉を潔くそぎ落とした分が宿料にしっかり反映され、結構な朝食付きで一泊目は八千四百円、二泊目は五千八百円、三泊目は四千八百円、そして四泊目はまた始めに戻るというリーズナブルな料金体系なのだ。

さて肝心の温泉はというと、これがまた簡素で、無愛想な内風呂一つあるだけだから、ご多分に漏れず露天狂いの温泉ミーハーとしてはちょっとがっかりしたが、それも心配無用。同じ経営だが、もっと大きくて休憩所や食事処なども充実した日帰り温泉が二つも隣接していて、「天山」ではいろんな露天風呂、「一休」では優雅な檜風呂を堪能できる。同様に食事も昼夜は自由に食べ歩けるから、飽きることがない。

しかし、なんといっても一番のご馳走はここのお湯である。源泉は五十度を超す高温だが、水で薄めることを潔しとしない湯守りが、二重構造の管に冷水と並行して通し、熱交換で降温するという工夫をして、湧き出たばかりの新鮮で勢いのある純度百パーセントの源泉が、常に適温で浴槽に注がれる。もちろん塩素など一切使わないし、界面活性剤などには洗い場の敷居をまたがせない誇り高い温泉なのだ。

一日だけちょっと遠出して、湯本とは打って変わって雪深い姥子《うばこ》温泉を訪れた。眼病に凄く効くとの評判は、物書きとして聞き捨てならないし、漱石が泊まったレトロな「秀明館」にも興味津々だ。ここの浴場は神社のように太いしめ縄が張られ、岩を刳《く》りぬいた湯壺は地底に繋がっているかのごとき迫力がある。かなり熱い湯にエイッと思い切って入り、顔もつけて眼をシパシパしたら真っ赤なマグマが雪崩れ込んだような気がして心臓まで熱くなった。

愛知のおもてなしパワー

愛知県については長年よからぬ偏見にとらわれていた。ケチで見栄っ張りで頑迷で言葉が汚くて、およそ友達にしたくない隣人がたまたま名古屋人だっただけのことなのに、その後、抱腹絶倒して愛読した清水義範の小説にぞろぞろ登場する名古屋人がまさに同様なので、これは隣人の個人的特徴ではなく普遍的な愛知の県民性なのだろうと恐れをなして、愛知方面を敬遠したまま半生を過ごしたのである。

ところが、息子が結婚したのがなんと名古屋のお嬢様ではないか。名古屋の嫁入りたるや、透明のトラックで豪華な嫁入り道具を見せびらかすとかいう評判に震え上がり、相手のご両親に「私は非常識な未婚の母で、結婚式というものに何の教養も意欲もございません。口もお金も一切出しませんので、そちらでどうぞお好きなようになさってください」とあらかじめ白旗を掲げてしまった。

それで気楽な客の一人として出席した式や披露宴は、たしかに大層豪華だったが趣味がよく、何よりも食事が最高に美味しかったし、透明なトラックなんてやって来なかった。それで「なんだ、名古屋、わるくないじゃない」と偏見から解放されてから、どんどん愛知にご縁ができて、今や一番仲良しの多い県になってしまった。

また、自然にも産業にも恵まれながらケチと言われるほど、質実剛健な愛知の底力に敬意を覚え始めた。家康は愛知を首府にすればよかったのに。

今や故郷代わりに入り浸っている湯谷《ゆや》温泉は愛知の奥座敷で、そこから広がった愛知人脈は温泉のように温かい。その一人で家庭教育のゴッドマザー、山本チヨヱさんを岡崎のお宅にお訪ねしたとき、近くの原っぱに独り咲き誇る見事な枝垂桜がライトアップされた壮麗さに息を呑み、これは家康の転生ではないかと本気で思ったものだ。

何年か前に山本さんがバンクーバーの我が家を訪ねられて以来、その底なしの包容力に魅せられた日本の人々の岡崎詣でが相次いでいる。家康桜もさることながら、山本さんが山を歩いて摘んだばかりの野草を天ぷらにしてくださる古き佳き日本の食卓が、在外邦人を惹きつけてやまないのである。

バンクーバーといえば、あちらで姉妹のように親しくおつきあいしている二人のピアニスト、アレクサンダー恵子さんと大竹加代さんはいずれも愛知県出身で、彼女たちのもてなし好きには定評がある。どちらに招かれてもそのご馳走は半端ではなく、満腹で息も絶え絶えになるので、私たちは畏怖をこめて「愛知ホスピタリティー」と呼んでいる。

その大竹さんのお嬢さんで、世界屈指のハーピスト大竹香織さんのチャリティーコンサートが、三河湾に面した西尾市の国際ソロプチミスト主催で開かれたときには、私も応援に駆けつけた。繊細で激しく情熱的な香織さんの演奏に、これまでに聴いたハープとは違うと驚いた聴衆も多いと思う。彼女の「桜」も独特で、魂の深部を揺さぶられ、涙ぐむ人が少なくない。

大成功のコンサートの快い余韻に浸る間もなく愛知ホスピタリティーの本場版に巻

き込まれていく。途中で品目を数えるのを断念したスーパー・フルコースの長夜の宴が果てた頃には、やはり息も絶え絶えだった。

そして翌日「旧家訪問」という予定を告げられ、一瞬逃げ腰になったが、これは逃げなくてよかったと胸を撫でおろす貴重な体験だった。格調高い伝統美が漲るお屋敷を矍鑠《かくしゃく》と住みこなしておられる九十三歳の鋤柄《すきがら》とよさんは、庭の八朔《はっさく》で手作りした絶品のマーマレードをゴディバやフォションと組み合わせて、実にお洒落にもてなしてくださる。私も二十年後にこれくらい冴えていたいと、俄然意欲が湧いてきた。

大阪ふしぎワールド！

新幹線で三時間もかからないのに、大阪は東京とあまりに異なり、私は未だにカルチャーショックにたじろぎ続けている。

最初に驚いたのは、電車の自動ドアーに「指詰め注意」という貼り紙を見つけたときである。指を詰めるというのはヤー様の専売特許だと思っていた東京人としては、一瞬ヤバイところに迷い込んでしまったのかとギョッとしたものだ。

最近は大阪駅のエスカレーターで、金髪の若者に邪険に小突かれ、ドアホとかボケとか、悪罵《あくば》の限りを浴びせられて驚倒した。大阪のエスカレーターでは右側に立ち、急ぐ人に左側を空けるのですってね。そうと知らずに東京式に左に立っていた私が悪いのだけど、阿呆なボケ老女に大声で真実を告げるのは酷ですよ。東京の慇懃《いんぎん》無礼も嫌だけど、大阪のきつい突っ込みやえげつない本音にはどうも馴染めない。

悪印象から書き始めてしまったが、実は大阪は私の大好きなパリを連想させる都市である。サントリー学芸賞の審査委員として長年関わったサントリー文化財団の本拠が中之島にあり、その辺りは何故かパリ右岸、淀川はセーヌ川に似ている。そして文化財団に集うベスト・アンド・ブライテスト*の学者や文化人の華麗なる饒舌に心躍らせる時間ほど贅沢なものは他になかった。

私が一番生まれ合わせたかったのは十九世紀末、爛熟《らんじゅく》したベル・エポックのパリだが、それを彷彿《ほうふつ》とさせる時空間が大阪にはあったのだ。しかし、その中心だった佐治敬三御大をはじめ、開高健、辻静雄など憧れの大先輩が次々と世を去って、大阪はずいぶん淋しくなった。

それでしばらく足が遠のいていた大阪に、最近また頻々と出没している。今度はパリなら左岸のカルチェラタンで、大阪市立大学医学部の井上正康教授（当時）が、老若男女を問わず志ある人々に研究室を開放して設けた「阿倍野適塾」がアジトである。言うまでもなく緒方洪庵の「適塾」の精神を継ごうという場所だから、面白い個性と情熱に溢れた人々が自由な研究や議論に熱中している。

適塾で刺激的なブレイン・ストーミングを愉しんだあと、井上教授が案内してくださった「飛田新地」という一画は、近来稀なカルチャーショックで私を唖然とさせた。その通りには間口一間ほどの小さい二階建てがマッチ箱のように犇めき、煌々と明るい玄関の真ん中に大きな花が飾られ、その向かって左側に良家のお嬢さんや一流企業のOLであってもおかしくない女性が行儀よく座って微笑み、右側には見るからにやり手婆風の老女が、やぼったいおばさん服で座り、鋭い目つきで客を物色している。背後に狭い階段があり、客と話が成立すると、女性と客がその階段を上っていくのだ。えーっ、こんなことってあり？　大阪ではお咎めなしなわけ？　と眼を疑う摩訶不思議な光景だった。

「飛田新地で独特な威容を誇る料亭「鯛よし百番」は、かつて遊郭の総本山だった建物をそのまま活用し、今はサラリーマンや観光客の宴会でにぎわっている。先頃大阪市大を退官され宮城大学副学長として渦中の東北に赴任なさる井上教授の送別会も、この店で催された。

世が世なら私ごとき素人女が足を踏み入れられるような場所ではないから、興味津々で隈《くま》なく拝観してまわったが、館の中に太鼓橋があるは、天井一面に精緻な板絵が張り巡らされるは、これでもかこれでもかと濃厚な装飾に、酒を飲むまでもなく酩酊してしまう。

戦時中には出征前夜にこの屋敷で童貞を捨てた若者もいたのだろうななどと思いつつ、井上教授のご出征を励ます杯を重ね、豪勢な寄せ鍋を堪能し、これも不思議な大阪の夜だつた。

＊「最良で、最も聡明な人々」の意。

懐かしの奈良

いくら陳腐な表現だろうと、やはり奈良は日本の故郷だ。行くたびにしみじみと懐かしい。しかも優しい妹のような親友に恵まれて、春日大社と新薬師寺の隣組というまさに奈良の心臓部にある彼女のお宅に泊めていただくようになってからは、いよいよ帰郷気分で頻々と奈良に通っていた。ところがその「妹」が筋萎縮性側索硬化症（ＡＬＳ）という難病中の難病に倒れて、お見舞いさえ憚られる状況になり、この数年は奈良にご無沙汰だった。

しかし今春、意外にも彼女から届いた年賀状が、遠からぬ旅立ちを覚悟したさりげない別れの挨拶のように感じられたので、これはどうしても会わなければと、桜の開花を待って、花見を口実にお見舞いに押しかけたのである。

容体は予想以上に重篤《じゅうとく》だったが、悟りの境地で爽やかに微笑む彼女は、まるで桜の化身のように美しかった。この「花見」の感動は一生忘れられないだろう。

奈良に来たら大好きな大仏さまへのご挨拶を欠かさないが、おかげさまで東大寺では新しい出合いがいろいろあった。その日はたまたまお釈迦さまの誕生日で、長い列をなした人々が次々と柄杓を持って、小さな釈迦像に甘茶をかける光景に心が和んだ。

オープンしてまだ日が浅い東大寺ミュージアムとの嬉しい初対面も果たした。ほどよくモダンで簡潔な建物は五室に分かれ、惜しみなく濃密に展示された寺宝が東大寺の偉大な歴史を雄弁に物語っている。中でも圧巻は、不空羂索《ふくうけんさく》観音立像と日光・月光両菩薩の国宝三体揃い踏みで、金縛りになるほどの迫力だ。

普段は入れない本坊の襖絵も特別公開中で、先年亡くなった小泉淳作画伯の畢生《ひっせい》の大作「蓮池」「しだれ桜」をはじめ華厳宗にふさわしい華麗な輝きに溢れた作品群を拝観することができた。蓮、桜、飛天、散華など、いずれも生死の際にある親友を連想せずにはいられないテーマだが、彼女の華やかなイメージに通じる絵ばかりなので哀しくはない。

やはり初めて拝観した天皇殿では、江戸時代に大仏修復と大仏殿再建の成就を祈願して造られた聖武天皇の坐像や、聖武天皇と光明皇后の正装の展示が興味深かった。厳密な学術的時代考証による復元だというこのペア・ルックは、皇后より天皇のほうがずっと派手で、雌より雄が華やかな孔雀のようだ。

極めて聡明で慈悲深く、民衆の福祉や医療や教育に情熱を傾けられた光明皇后のご遺志を継いで、東大寺もそういう活動に大変熱心だ。私が敬愛する友人で清涼院住職の森本公穣《こうじょう》師は、その中心的存在のお一人で、今は東日本大震災の被災地救援でも多忙を極めるが、幸いちょうど東北から帰られたところで、いつものように寺内を優しくエスコートしてくださった。

この日は最後に、森本師が理事を務められる「奈良親子レスパイトハウス」を訪問した。レスパイトというのは一時的な休息という意味で、難病児や障害児を抱えて日夜介護に奮闘する家族や、入院で離ればなれの淋しい親子たちが、ときどき一緒にゆったりと寛《くつろ》げる場所とサービスを提供し、家族が共に生きる喜びを再発見できるようにと、東大寺境内に設けられたのが、このレスパイトハウスである。

古い木造の風雅な家をそのまま使っているので、病院や施設にはない温かく家庭的な雰囲気が漲り、根が生えてしまいそうに居心地がいい。一緒にお茶をいただいたレスパイトハウス代表理事で東大寺福祉療育病院の富和《とみわ》清隆副院長は渋い和服の袴姿だし、お茶うけには昔っぽい味つけの土筆が供されるし、テレビドラマの「大岡越前」によく出てきた養生所《ようじょうしょ》にワープしたようだ。やはり奈良はどこまでも懐かしい。

第5章

心があらわれる旅へ

島で文明のクレンジング

長かった夏の終わりを、バンクーバーから船で二時間ほどの静かな島で過ごした。できる限り自然に身を添わせた古き佳き暮らしを守ろうという島民の合意で、高層の建物も、ファスト・フードの店もお断りの頑固な島である。

私が泊まった友人の家はテレビがないし、携帯電話も通じない。ケイタイなしでは夜も日も明けない今どきの若者ならたちまちパニックを起こしそうな環境だが、旧世代の私は故郷に帰ったようにほっとする。

もちろん日本の新聞・雑誌などあるはずもないが、あの中に犇めくのは、どうせどうでもいいような情報ばかりなのだから、失うものは何もない。よくよく重大な事件があれば世界のどこであれ伝わってくるだろう。

こうしてメディア絶ちをしてみると、私たちの日常がいかに不要な情報の洪水の中にあるかがよくわかる。そしてその情報が余計な欲望や不安や幻想をきりもなくかきたてて、社会を複雑怪奇に肥大させていくのだ。

食一つとっても、グルメ情報の氾濫にゲップが出るし、デパ地下を歩くと眼が眩《くら》むし、結局何を食べたらいいのかわからなくなる。しかしこの簡素な島では自然の流れに身を任せていれば、カミサマがなんとなくよきに計らってくださるような気がする。

地元の食材は、わざわざ言い立てるまでもなく当然自然にオルガニックだし、賞味期限など関係ない採り立て作り立ての食生活だ。朝は庭の畑で食べ頃のトマトやルッコラやレタスをもぎ、朝露をサッと振るい落としてそのまま食卓にのせる。

近くのパン工房では石釜で焼き立ての全粒パンが、ぞくぞくするほど官能的な匂いでおいでおいでしているし、農場の無人スタンドには手作りのジャムとゴート・チーズや、まだ生温かい卵の籠、そして小銭を入れる缶が、早起きの客を待っている。お隣から籠いっぱいもらったリンゴは不細工で虫食いだらけだが、ジュースにすると最高で、鮮烈な酸味が心身を駆け巡る。

日頃は朝に弱い私も、ジャーンと銅鑼《どら》を鳴らされたようにたちまち胃袋全開だ。何を食べても大地のエネルギーが雪崩れ込んでくる感じで、ターザン娘と呼ばれるくらいお転婆だったムカシの野性が蘇り、私はすっかり歳を忘れて馬に乗り、ボートを漕ぎ、森を歩いて、大自然との復縁を果たすことができた。

森ではキノコやハーブを摘み、暖炉用の薪も集め、海岸ではムール貝を拾い、ときには蟹も獲る。人によっては鮭や兎や野鳥も獲って、台所に持ち帰るのだろう。今年は鮭が豊漁で、スモークサーモン作りに励んでいる家が多いようだから、お土産にもらえそうだと舌なめずりする。羊を一頭屠《ほふ》ったからお裾分けしましょうかという申し出もあったが、私は羊肉が駄目なので丁重に辞退した。

島には小さいワイナリーもあるので、帰り道に立ち寄りいろいろ試飲して、その夜のワインを選ぶのも楽しい。

遠来の客はよくもてて、夕食には自家製果実酒や手料理持参で押しかけてくる人もいるから、いつも賑やかなパーティーになる。ホスト・ファミリーの家にはアフリカン・ドラムがたくさん置いてあるし、バイオリンがうまい子供がいるので、食後には自然に音楽会が始まる。

ときどきその喧騒を離れ、テラスのハンモックで一人満天の星を眺めていると、宇宙に浮遊している気分になり、日本どころか地球さえ遠い故郷のように客観視できる。この地球という星は、月や太陽との絶妙な位置関係によって水の存在と生物の棲息が可能になり、その生物の種の一つが特異な進化を遂げて文明社会を築き上げた。そこまでは壮大なサクセス・ヒストリーだが、いま文明は自らに牙を剥《む》く癌細胞のように地球を蝕み始めている。

身体に溜まった過剰な脂肪や毒素を排出させようという断食が流行っているが、もっと全体的な文明の減量や毒出しが必要なのだ。この島の暮らしは私にとってまさに文明のクレンジングだが、断食のような苦しさは全然ないし、ただひたすらに爽やかで気持ちがいい。テレビもケイタイも週刊誌も三ツ星レストランもマクドナルドも高級ブランドも先端医療もオリンピックもノーベル賞もないけれど、人生、これで十分ではないか。

そう頷きながら帰宅してパソコンを開いたら、数十のメールが重い現実を背負ってドッと雪崩れ込んできた。

バス・ツアーで美しいコーンウォール半島へ

久しぶりのロンドンは、エリザベス女王即位六十年で沸いていた。就職五十六年の私も祝祭に便乗し、お互いよく働きましたよね、ご苦労様とクイーンのパレードに乾杯する。でもオリンピックには全然興味なく、田舎のほうに心が向かう。

イギリス南西端のコーンウォール半島が以前から気になっていた。英国のリビエラと呼ばれ、優しく美しい自然と名所旧跡に恵まれた地方だというのに、ロンドンからのアクセスがイマイチで敬遠していたのだが、点在する見どころを一網打尽にする二泊三日約五万円のバス・ツアーがあるではないか。

そういえば旅行マニアのアメリカ人から、欧州には船旅同様に宿泊食事ガイドつきで何週間も各地を周遊する国際観光バス・ツアーがいろいろあって、飛行機や汽車よりずっときめ細かく旅ができ、そのうえ大変お徳だと勧められたことがある。なるほどこれがその初歩版かと興味津々だ。


朝八時半ロンドンを出発して一時間もすると、もう見渡す限り緑溢れる牧草地帯で人間の姿はなく、広大な領土を我が物顔に動物たちが寛いでいるだけだ。なんと贅沢な環境だろう。しかも真面目に立っている馬たちを尻目に、牛たちはみんな悠々と座り込んでいる。牛に生まれるなら英国だなあ。私も牛になった気分で快適な座席に身を沈めたまま、窓いっぱいの田園風景をまぐさのようにむさぼった。

そして昼食は巨大なフィッシュ・アンド・チップスだ。ロンドンの食生活はずいぶんお洒落になったが、田舎では昔ながらの無骨な英国料理ばかりで、あまりの重さに閉口しながらも、何か懐かしくて嬉しい。

一日目の目玉スポットは、画家ターナーや作家ヴァージニア・ウルフも愛したという芸術家コロニーのセントアイヴスだ。海際に灰色の小さい三角屋根の家がぎっしりと犇めく街並みを遥かに見下ろしたときは、黄泉《よみ》の国のような雰囲気にゾワッときたが、急な坂道を下って街に入っていくと、アート・スタジオというより、ただの観光土産物屋ばかりですぐ飽きる。まさに夜目遠目笠の内だった。

二日目はまず日本の江の島を思わせるセントマイケルズ・マウント。満潮のときは小舟で渡るが、引き潮なら歩いて行ける小島で、小高い丘の上の昔は修道院だったという石造りの城館があたりを睥睨している。城主一家は今もここに住みながら観光客に公開しているそうだ。景色はいいけど不便だし、こんなゴッツイ家に住みたくないよなあと、持たざる者は胸を撫でおろす。

次に停まったのは、最果てがウリのランズエンドだが、別段の迫力も感じられないただの明るい海べりだ。最果てと名乗るべきは、やはりヨーロッパ最西端ポルトガルの、「ここに地終わり海が始まる」と記されたあの凄絶な孤愁漲るロカ岬ですよ。

その次のミナック・シアターは、一人の女性が一つ一つ石を積み五十年がかりで築き上げた劇場だというので、「わあ辛気くさそう。偏執狂じゃないの」と怖気《おぞけ》を震いバスで待っていようとしたが、ふと思い直して見学してよかった。ここが私には一番感動的だったのだ。

ドーッと海に転がり落ちそうな急斜面が段々畑状の客席になり、海を背に腕を広げたような石舞台を見おろせる。たいてい暗く重苦しい英国の建造物とは対照的に、ここは古代ギリシャの精神に回帰したように自然と一体化して太陽も月も海も巻き込んだ光と風が溢れる野外シアターなのだ。建造の記録写真では、上品な良家の令嬢から白髪をふり乱した大貫禄の老女への変貌も見ることができるが、それが最後まで実に美しく魅力的で、夢に人生を賭けるとはこういうことなのだ、なんと幸福な「魔女」だろうと、つくづく感じ入ってしまった。

嚴島神社ウエディング

「3S1V」とは海外駐在経験者たちに最も住みやすいと人気があるサンフランシスコ、シドニー、シアトル、バンクーバーの四都市のことだが、日本では札幌、広島、博多が、転勤族が魅せられる赴任地の三傑だといわれる。

特に広島は、原爆投下という凄絶なジェノサイド（大量虐殺）の犠牲になりながら逞しく立ち直ってめざましく発展し、いつまでも恨み言を言い募るどころか、逆に明るく温かいホスピタリティーで旅人を癒してくれる見事な都市である。もちろん都市部だけではなく、海に向いても山に入っても魅力の尽きない懐の深い県なのだ。

だから私は、外国の友人が訪れると「わざわざ日本までやってきて、世界のヒロシマを素通りする気じゃないでしょうね。東京と京都だけで日本を見たことにはならないのよ」と、ちょっと凄んだりして、強く広島行きを勧めるのである。

そうしたら、なんと広島で結婚式を挙げたいというフランス人が現れた。

私の同志であり同居人であり最高の旅仲間でもある森田敦子さんがフランスで学んだ植物療法学のお師匠様で、私たちが日本支部を預かっているフランスの健康支援組織オサン・デ・ファムの会長でもあるベランジェール・アルナル博士だ。最近なんと三回目の結婚をされ、ハネムーンは日本、そしてぜひ広島に行きたいし、できることなら神社で結婚式を挙げたいという希望が伝えられたのである。

わあ、どうしよう、結婚式なんて専門外だしと一瞬焦ったけれど、広島には私たちが密かに〝広島魔女軍団〟、略称ヒロマジョと呼び、何かにつけて頼りにしている、やたらと有能活発な熟女たちがいるではないか。案の定、みなまで聞かず「まかしとき」と胸を叩いたヒロマジョの大活躍が始まった。

そして、安芸《あき》の宮島を舞台に、瀬戸内の至宝・嚴島《いつくしま》神社で挙式、真言宗屈指の名刹大聖院《だいしょういん》で祝宴という日本人でもびっくりの神仏総動員の豪華なウエディングが実現したのだった。

総指揮の姜慧《カンヘ》さんは、在日韓国人三世で、広島随一の素晴らしい介護施設の副理事長として獅子奮迅の烈女だが、朝鮮舞踊の優美な舞姫でもあり、公私ともに一触即発の情熱の塊だ。その知恵袋で、元は中国放送の広報担当だった野口喜三子さんは万能仕事人。

手持ちの着物をじょきじょき切ってツーピースの簡易花嫁衣装に改造した吉田真理さんは、陽気なパリジェンヌみたいなお洒落でおきゃんなマダムだが、実は大聖院座主の奥様だ。

やはり優雅な奥様で、こちらはニューヨークっぽくスカッと格好いい山本美津子さんは、洗練され尽くしたセンスを駆使して、花嫁のヘアメイクを担当。着付けは真理さんと喜三子さん。いや、もう、東京組は手出しの隙もない完璧な布陣《ふじん》でありました。

まあ、せめて一働きさせていただこうと、広島に到着するなり、まずオリエンタルホテル広島で、アルナル博士の講演を中心に「植物と女性」というシンポジウムを開催してから宮島に向かう。

あかあかとライトアップされて夜の海に浮かぶ嚴島神社の荘厳華麗なたたずまいは幾度見ても鮮烈で、「平清盛って凄い！」と、その大胆な発想と実行力に感嘆する。しかし、平家は滅亡してしまった。諸行無常、盛者必衰……いや、結婚式にこんな感慨はお呼びじゃないか。

そう、挙式のときは奇しくも満潮で、嚴島神社は愛と信頼と希望と祝福だけが満ち溢れていた。それから人力車で山道を登り大聖院へ。ダライ・ラマ法王がしばらく滞在された立派なお座敷で、大名家伝来の大きな内裏雛が飾られた床の間を背に新郎新婦が座り、盛大な祝宴が始まった。

続々と運ばれてくる大ご馳走は、牡蠣《かき》や穴子をはじめ地元名産の食材を網羅して真理さんとその腹心みどりさんが腕を振るった見事な手料理で、私がこれまでに経験したどの結婚披露宴より美味しい。そして真理さんの父上である岸田喬《たかし》長老が能楽「高砂《たかさご》」でめでたくしめてくださって、誰の記憶にも生涯輝くであろう完璧な一日が暮れたのである。

生と死について考える旅

東日本大震災の被災地を訪れると、今なお言葉を失うような光景に立ちすくむ。書くかしゃべるかしか能のない私は何の役にも立たないお邪魔虫で肩身が狭いから、講演をしろと言われたら否とは言えないが、いざとなると、何をしゃべったらいいのかわからず七転八倒だ。

それで結局、死生観の今昔とか、私らしくもない堅い話になり、面白くはなかったろうが、私自身は語りながらいろいろと、とりわけ「死」について深く物思うことができた。
被災地の海辺に立ったとき、古い童謡の一節がふっと心に浮かんだ。

親のない子は、夕日を拝む
親は夕日の真ん中に

哀しいけれど、なにか温かい感じがするこの歌のように、かつて死はもっと身近な存在だった。生と死は一対で、日の出と日没のように自然なこととして、親しく意識されていた。

一昔前までは人生五十年というのが、日本人の人生モデルとして長年定着していた。五十年も生きれば御の字で、大先輩の作家たちを考えても、樋口一葉も石川啄木も二十代半ばで夭折《ようせつ》しているし、文豪として功成り名を遂げた夏目漱石や、いかにも枯れきった風格で翁《おきな》と呼ばれた松尾芭蕉さえ五十歳で他界している。

日本に昔からあった無常観というか、あまり多くは求めず、激しくは逆らわず、自然の運命に潔く殉じるような淡白な気風が、その頃までは生き残っていたように思われる。

しかし、生活の向上や医学の進歩で急速に寿命が延びて、今や日本は女性に限っていえば平均寿命世界一の長寿国になってしまった。

それ自体はおめでたいことだが、「生」と「死」の間に割りこんだ「病」や「老」がどんどん膨張して、それと一緒に医療や介護や年金などの問題が膨れ上がり、社会はその心配に手一杯で、死は端っこに押しやられたばかりか、まるで存在しないものかのように無視されるようになった。

また、医師や病人からは、死は忌《い》むべき敗北として敵視され、激しく執拗《しつよう》な闘いを挑まれるので、自然で安らかな死を迎えるのは難しくなってきた。

死はあらかじめ生のシステムに組み込まれた必要不可欠な存在であり、死があってこそ人生が輝き、凛然と完結するのだ。だから死を無視したり敵視したりするのではなく、日頃から敬意や親愛の情をもってお付きあいしたいものだと思う。


私は伝統派のアメリカ先住民たちと親しくしているが、彼らは亡くなったおじいちゃん、おばあちゃんが、今もそこにいるような感じで暮らしている。あの世とこの世の間は薄い皮膜一枚で仕切られているだけで、あちらに犇めく先祖たちとは、そのざわめきがいつも聞こえてくるくらい密接な関係が保たれているというのだ。だから死ぬことも、ちょっと簾《すだれ》をくぐってあちらに移るだけだから、怖くも淋しくもないと言う人が多い。羨ましい境地ではないか。

都会のウサギ小屋暮らしでは、おじいちゃん、おばあちゃんの死を自宅で看取ったりできないのは仕方がないが、せめて仏壇に毎日陰膳を供えて手を合わせる習慣くらい取り戻したいものだ。

カナダの知人と東北を巡る

「カレンさんからお電話です」と受話器を渡され、娘だと思って応答したら、思いがけない外国人だった。カナダの何かのパーティーで会ったことがある人らしい。多分私が「日本にいらしたら、ご案内しますよ」とかなんとか調子のいい挨拶をしたのだろう。

お愛想をストレートに真《ま》に受けて下さる方は珍しいが、責任上あとには退けないから「どこにいらっしゃりたいですか」と訊いたら、「東北の被災地を訪ねたい」と言われてたじろいだ。

カナダには、私たち東京人以上に被災地の痛みを身近に感じ、今も義援金集めをはじめさまざまな救援活動に励んでいる人が多い。カレンさん夫妻の訪日も物見遊山ではなく、支援のための視察や慰問が目的なのだ。ありがたいことだが、私自身は役立たずのお邪魔虫にならないよう被災地行きをご遠慮してきたので、どう案内したらいいのかわからない。

さて、困ったときの友達頼みで、クルクル頭を巡らせたら、たちまち絶好の援軍にヒットした。大阪市立大学の熱血教授、井上正康ドクターが、退官とともに宮城大学副学長（震災復興担当）として渦中の仙台に赴任なさっているではないか。早速お電話したら、案の定すぐさま復旧支援に大活躍され、今や災害百科事典状態のようだ。もちろん英語は堪能だから通訳もいらないし、この逸材を逃がしてなるものかと無理をお願いして、最高のドライバーガイドをゲットした。

仙台駅に出迎えて下さった井上ドクターにすべてお任せで、ただちに出発。

晩秋の東北道は美しく、初めはあの惨劇の気配さえ感じられなかったが、一時間半ほどで石巻に入り、北上川に沿って海の方に下って行くにつれて様相が一変する。

森羅万象といえば聞こえがいいが、テレビから銅像から自動車まで、普通一緒にはありえない物まですべてぐしゃぐしゃに混ざった瓦礫《がれき》の山、全壊半壊の家々、地面に突き刺さったりバラバラに破損した船など、メディアで見覚えのある光景が現実となって、これでもかこれでもかと現れるのだ。やはり本物は迫力が違い、その無念の形相には粛然と息を呑むばかりで、みだりに写真を撮ることも躊躇《ためら》われる。

サイパンの万歳クリフとか沖縄のひめゆりの塔など悲惨な戦争の犠牲者を悼むべき場所で、陽気にはしゃぎながらピースサインの記念撮影に興じている観光客を見ると引っ叩きたくなるが、実はカナダのご夫妻も大変陽気な方々なので、もしや不謹慎な振る舞いがあったらどうしようと、ちょっと心配だった。しかしそれはまったくの杞憂というもので、二人とも私以上にしゅんとして、しばしば涙ぐんだり、黙禱したり、深い哀悼の気持ちが溢れていた。

津波で破壊された冷凍倉庫にあった数万トンの魚に群がるかもめの大宴会が続いたそうだが、その腐臭が今も鼻を衝く浜辺に徘徊するかもめの残党は、車が近付いても逃げようとしない。ひいてしまったりしては大変だから、車を降りてシッシッと追いたてながらよく見ると、羽が灰色にささくれ立ち、眼はドヨンと生気なく、ゾンビの大群のようでゾッとした。あちこちにかもめの死骸も転がっている。「腐った魚を食べて悪いウイルスにあたったのだろう」とドクターは言われる。これがSARS《サーズ》のように人間に広がる恐れはないのだろうか。

海を望む墓地の惨状にも胸を衝かれた。黒大理石のいかにも重厚な墓石がプラスチックの玩具のようにひっくり返って散らばっている。墓碑を読むと、三十年前の地震の犠牲者だったりして、「天災は忘れた頃にやってくる」という寺田寅彦の名言を改めて実感するのだった。

大和のしだれ桜

若い頃はまさに「花より団子」で、せっかく美しい花を贈られても「美味しいお菓子のほうが嬉しいのに」と呟く罰当たりな女だった私だが、年とともに花が嬉しくなってきて、熟年に達した頃には「団子より花」に逆転していた。

さらに還暦を過ぎて人生の残り時間を意識するようになると、その貴重な時間の美しい結晶として、花がことさらに愛おしく感じられ、とりわけ儚く潔い桜の魅力が心に深く響き始めた。そして遅ればせながら「花見」という日本独特の風習にも目覚めた私は、その一期一会の悦楽にみるみるのめり込んでいった。
花が時間の結晶なら、花見は出合いの坩堝である。人に出会い、酒に出合い、食べ物に出合い、物語に出合い、歴史に出合う。つまり私は、花見によって、ようやく「日本」と出合うことができたような気がする。

どの日本も好きだから甲乙をつけたくはないが、どうしても一番を選べと迫られたらやはり「桜は奈良」と言うだろう。子供時代の楽しみだった百人一首で「いにしへの奈良の都の八重桜」の「いにしへ」だけでハイッと叫び「今日九重に匂ひぬるかな」の札を掌中にしていた私だから、後年初めて奈良で桜を見るなり、「わあ、今日でもそのまんま」と大感激したものだ。その奈良で一番はと尋ねられたらいよいよ悩むが、強いて選べば宇陀の又兵衛桜だろうか。
「国のはじめは大和の国、郡《こおり》のはじめは宇陀郡」と言われるくらい古くから知られた宇陀は、最上の吉野葛の本家本元として、花より団子の頃から私の心に刻まれていた味覚のメッカでもある。

その宇陀の里山の深い緑を背負い、濃いピンクの桃林を裾模様にして、独り大きく枝を拡げてそそり立つ樹齢三百年の枝垂桜ときたら、華麗、凄艶《せいえん》、豪奢、豊満、エトセトラ、どんな言葉でも間に合わず、この桜に限っては「筆舌に尽くし難い」という陳腐なフレーズさえ許されるのではないかと、物書きの誇りを投げ捨てそうになる。

ここが大坂夏の陣で勇名を馳せた後藤又兵衛の屋敷跡だと伝えられることから無骨な名前が付けられたわけだが、三百年の風雪に耐えた頑丈な体軀《たいく》には、たしかに豪傑の面影も感じられる。

しかしその枝いっぱいに咲き溢れる薄紅色の花弁のあでやかさ、それが春風に揺れ乱れるしどけなさといったら、これはもうたおやかな美女以外のなにものでもない。

つまり両性具有というわけで、思えばそれこそ生きものの理想ではあるまいか。里山や桃林との絶妙なカラーコーディネーションで一層引き立つ淡い桜色は、もう夢か幻かという繊細さで見るものの心を震わせる。

にぎやかな花見も楽しいけれど、さらに贅沢をいえば、いつか一人しんしんと静かに、この一本桜と対座してみたい。ここで瞑想したら「願わくは花の下にて春死なむ」という西行の想いに同化できることだろう。

水の聖地・シャスタで再生の旅

カナダから車でアメリカの国境を越え、二つの州を横切りながら一千キロ余りひた走ると、やっとカリフォルニア州に入る。もうほとんど砂漠のような灼熱の大地だが、その先にやがて突然憧れのマウント・シャスタが、残雪をまとって雄大な姿を現した。富士山同様にただならぬ威厳が漲り、思わず掌を合わせて礼拝したくなる山だ。

その山麓の湖畔に宿をとって過ごした一週間、日々新しいシャスタの魅力に圧倒されて、七十年にわたって筋金入りの海派だった私が、なんと初々《ういうい》しい山派に転向してしまったのである。しかし山といっても、私が苦手だった汗臭い山男のイメージとは対照的で、シャスタは海も青ざめるほど豊富で清冽な湧水に恵まれた水の聖地なのだ。

シャスタ山の中腹まで車で上ってから徒歩で緩やかなトレイルを進んで行くと、周囲は倒れたり立ち枯れしたりした樹木の大群で、それが何故か真っ白だから、まるで三途の川を渡って白衣の天使たちに迎えられているような気分になる。

そして突然、私は可憐な草花が咲き乱れるみずみずしい緑野の中にいた。それはまさに私たちが夢や絵画で見てきた天国の光景そのものだった。草葉に隠れるように流れる小川を辿っていくと、滔々《とうとう》と湧き溢れる水源がある。その水を掌に汲んで啜《すす》ったら凛々と冷たいが意外なほど優しくまろやかな味わいだった。西洋には硬水が多くて日本料理に向かないが、これこそ私には理想的な軟水だ。

メドウと呼ばれるこの一帯はパワースポットとして崇められる先住民の聖地だった。白人がここにスキー場を作ろうと開発工事を始めたら、物凄い雪崩が起こってすべてを破壊してしまったが、誰一人生命を落とすことはなかった。ほとぼりが冷めた頃またもや開発が始まったら再び大雪崩が起こり、やはり人を殺すことはなく、スキー場計画の息の根を止めたそうである。なかなか痛快なパワースポットなのだ。

湖で舟に乗ったり泳いだり、さまざまな滝を訪ね歩いたり、清流で鱒を釣ったり、ここでは何をしても水のエネルギーが心身に雪崩れ込み、明らかな浄化作用が感じられるのだ。そのうえ、本物の温泉もあると聞いて、早速出かけていった。

シャスタの町からはかなり離れた鄙《ひな》びた川べりにやっと見つけたその温泉は、辺りの木を切って無造作に建てた小屋が増殖したという感じで、働いているのはかつてのヒッピーの生き残りのような雰囲気の人々だ。先住民も仲間に入っているらしく、その日はスウェットロッジというインディアンの儀式も行われていた。

これはなかなかディープなところだぞ、そんじょそこらのリゾートとはちがう温泉体験ができそうだとわくわくしながら受付で入場料を払うと、ずらりと並んだ独房のような個室に連れていかれ、タオルとシーツ状の布を一枚ずつ渡された。ドアの外に掛けられた札にｙｏｋｏと白墨で書きなぐってある。

さて、その個室には白い普通のバスタブが無愛想に横たわっているだけだ。ええっ、これが温泉？　と落胆しかけながら、ともかく指示どおり蛇口をひねって湯を溜めてみたら、ヌルヌルッとした濃厚な湯で微かに硫黄の香りもする。本物も本物、稀に見る素晴らしい泉質なのだ。たちまち機嫌を直して陶然と浸り込み、ときどき外に出てサウナに入ったり、川で水遊びしたり、きりもなく楽しんだ。

外では一応身体に布を巻いていたが、周囲の男女のほとんどがアッケラカンとスッポンポンなので、私もやがて布を捨てて生まれたままの姿で美しい大自然に溶け込むことができた。これは、再生の旅だったのかもしれない。

第6章

自らの人生をふりかえる

上海暮らしで目覚めた美意識

私の記憶に残る最初の住まいは、当時上海のランドマークだった「ブロードウェイ・マンション」というホテルのスイートである。今は「上海大廈」と名が変わり、古びた中流ホテルに格落ちしてしまったが、私は上海に行くたびに、できるだけこのホテルの同じスイートに泊まることにしている。

その部屋の広いバルコニーほど、見事に上海の記号が結集した景色を俯瞰できる場所はない。かつては眼下に流れる黄浦《こうほ》江《こう》を往き来する雑多な小舟には、水上生活者や漁夫や娼婦やお尋ね者などが犇めき暮らし、バンド（外灘）と呼ばれる対岸には英米の領事館、銀行、商社などの豪奢な石造りのビルがロンドンそっくりに建ち並び、芝生が美しい川べりの公園には「犬と中国人立ち入り禁止」という看板が掲げられていた。

この看板は論外として、今もバンドの風景は昔のままだが、少し顔を左に向けると、その変貌は衝撃的で、これはＳＦかと目を剝くほど奇抜な高層ビルが筍のようにニョキニョキ生え続けている。

昭和十六年十二月七日、私は同じ長期滞在の英国人家族の部屋に招かれ、仲良しの金髪少年と一緒にハイ・ティーやクリスマス・ツリーの飾り付けを楽しんだが、それが彼らを見る最後となった。

深夜、私も両親も物凄い轟音《ごうおん》に跳ね起きた。ハワイの真珠湾攻撃と同時刻に、上海の日本軍が黄浦江に停泊していた米艦を砲撃したのだ。つまり目の前で太平洋戦争が始まったわけである。

呆然と立ち尽くす私たちの前のバルコニーに上から鎖梯子《くさりはしご》が垂れてきたかと思うと、完全武装の日本兵が続々と降り立ち、「この部屋は作戦に使用するのでただちに明け渡しなさい」と命令するではないか。泣く子と軍部には勝てない時代だから、すごすごと他室に移り、まんじりともせずに朝を待った。

夜明けとともに陸戦隊が橋を渡ってバンドの接収を開始すると、いつも誇らしげにはためいていたユニオン・ジャックや星条旗が、負け犬が尻尾を巻くように哀れっぽく降ろされていく。

それまで「軍部の馬鹿野郎が、とんでもないことをやらかしたものだ。アメリカと戦って勝てるとでも思ってるのか」と憤慨していた父までが、思わず拍手してしまうほど、それはやはり痛快な光景だった。

この日から英米人は引き揚げ船に乗るか、収容所に入れられるかして姿を消したが、フランス、ドイツ、白系ロシア人はそのままだから、上海は相変わらず半分西洋で、私の遊び相手もほとんど西洋人だった。

さらにヨーロッパから、ヒトラーの迫害を逃れたユダヤ人が続々とやってくる。その中には世界的な音楽家や美術家も少なくなかったので、上海はウィーンやベルリンが引っ越してきたほど芸術が溢れる都になった。

当時はまだ富裕だった両親は、「これこそ金の使いがいというものだ」と喜び勇んで彼らの援護に熱中していた。花や貢物を山ほど抱えての劇場通いやゲットー慰問に始終つきあわされるのは子供にとって苦痛でしかなかったが、彼らから買い取った美術品に囲まれた暮らしは大好きだった。

その記憶が現在の骨董蒐集に繋がったのだろう。

私の窓、私の空

初めて「私の空」を意識したのは三歳のときである。父母に連れられて上海に渡った私は、最初の住まいとなったブロードウェイ・マンションという高層ホテルで、主寝室の隣の部屋に初めて独りで寝ることになった。

それは小さな部屋なのに、窓だけは不相応に大きかった。その窓がすなわち私の空だったのである。枕元で童話を読んでくれた母が「じゃあ、お休み」と、明かりを消して立ち去ったあとも、月や星と話ができるから淋しくなかった。

空の下は英国がロンドンをそのまま運び込んだような摩天楼だったが、道路に向けた望遠鏡で見下ろすと、道路は中国の群衆でうずまり、日本の軍隊が威嚇的に行進していることもあった。真珠湾攻撃と同時に、眼下の河でアメリカの軍艦が砲撃され、太平洋戦争勃発《ぼっぱつ》の瞬間を目撃したのもこの窓だった。

その後ホテルからマンションに移ったら、開戦によって敵性外国人となった英米人の収容所が隣にあって、その子供たちと窓越しに仲良くなり、さまざまなコミュニケーションに頭を絞った。国交は閉ざされても、窓に国境はなかったのである。

窓の中に宇宙があり世界があり歴史があったのだから、私はどんな大邸宅も及ばない壮大な住空間で育ったわけである。

幼いときにこんな経験をしてしまったから、私は窓のない部屋にはいたたまれない。ホテルに泊まるときも、住まいを探すときも、まず一番にこだわるのは眺めの良し悪しなのだ。

日本では部屋の広さや交通の便を第一に考える人のほうが圧倒的に多くて、私は少数派の変わり者だが、カナダのバンクーバーで家探しをしたときは、何よりもＶＩＥＷが問題で、海が見えるか山が見えるか何も見えないかで全然値段が違う。私と価値観が同じだと嬉しくて、大借金にも怯まず、VIEW HOUSEと呼ばれる家を買ってしまった。

私と同齢の老朽家屋だが、主寝室には、上海のホテルの窓よりも大きい窓があり、太陽も星も海も山も森もダウンタウンの摩天楼も桜並木も出船入船もこの窓の中にある。「これ以上何が要るものか。やはり女は度胸、住まいは眺め」と嘯きながら、ひねもす窓を眺めて飽きることがない。

日本からやってくる友達も、この窓の前で寝起きして住宅観を変えることがある。

「眺めだけで、こんなに気分が違うものなんだ。庭のある一軒家が欲しいと思い焦がれていたけれど、猫の額みたいな庭のために無理するより、窓に絶景を確保するほうが賢明かもしれない」

そう言って感に堪えていた友達は、最近都心の高層マンションに引っ越した。

そのお披露目パーティーに呼ばれて眼下に広がる湾岸の華麗な夜景を眺めていると、

「おおっ、東京も捨てたものじゃない、やっぱり終《つい》の棲家は日本かなあ。一軒家もいいけれど、便利なマンションの誘惑にも抗し難いしなあ」と、引っ越し虫がまたもやぞわぞわと蠢き始めるのだった。

上海の「紙ビスケ」

「洋子ったら赤やピンクの服は絶対拒否。そして甘いお菓子が大嫌い。子どものくせにねえ」と母を嘆かせた私は、ほんとにヘンな子供だった。

幼い頃は上海にいて、戦時体制の日本ではもう不可能な贅沢もまだ楽しめる環境だったのに、私には豚に真珠もいいところで、高級レストランにも海苔巻のおにぎりを持参する有様だったのだ。

そんなに食べ物見知りが強いのに、何を食べてか疫痢《えきり》になって生死の境をさまよったことがある。辛うじて命をとりとめて回復期に入った私に、「よくがんばったね、洋子ちゃん。さあ、もう食べてもいいんだよ。素晴らしいご褒美を持ってきたからね。ジャーン！」と、主治医の先生が得意満面で差し出したのは、白雪姫と七人の小人が載った特製のデコレーション・ケーキだった。

しかしどんなに歓喜するかと固唾を飲む人々の前で、私は世にも冷淡にプイと横を向いたのだ。「あのときの先生の落胆ぶりは忘れられないわ」と、その後、母に何回聞かされたことか。

そんな私が唯一熱狂的に愛した菓子がある。それは「紙ビスケ」と呼ばれ、週刊誌半分大のパラフィン紙に、長さ十センチ、幅三センチくらいの楕円の薄いビスケットが、たしか六枚ほどズラッと並んで貼りついているのだ。

それを一枚ずつ剝がしては口に入れるのだが、舌の上でさわさわと溶けそうに軽やかで、うっすらと甘く、そして微かな焦げ味が香ばしい。ビスケットを剝がした跡にも、接吻したくなるほど魅惑的な残り香があった。私にとってあれは至福の聖体拝領だったのである。

上海を引き揚げて以来五十年余り、日本でも海外でも菓子屋に入るたびにチェックを欠かさないのだが、あの懐かしの紙ビスケとは一度も再会を果たしていない。

見かけがちょっと似たフィンガー・ビスケットに出会うと、もしやと胸が騒いで手を出すが、いつも失望にうなだれる。食感も味も、こんなにしっかりしたものじゃない、あれは、もっと優しくて儚い、夢のような妖精のような菓子だったのだと。

人生の節目のコーヒー

私がコーヒーと最初に出合ったのは、まだ幼かった七十年以上前、両親と滞在していた上海のホテルの寝台だった。

ある朝私は、見知らぬ妖精の優しい翼の中にいるかのように、世にも精妙でエキゾティックな香りに包まれてまどろんでいた。「ああ、なんて気持ちがいいの。夢ならどうぞ覚めないで」と祈りながらおそるおそる眼を開けると、妖精の姿はなかったが、香りはいよいよ華やかに湧き溢れているではないか。それは両親がルーム・サービスでとったモーニング・コーヒーの香りだったのである。

かなり寝起きの悪い子供だった私が、それからは毎朝コーヒーの香りの訪れですっきりと目覚めるようになったのだから、あれは今流行のアロマテラピーの先駆けだったと言ってもいいだろう。

しかし、飲み物としてのコーヒーはオトナのものとされていて、私はずっと「お預け」のまま子供時代を過ごすことになる。いや、お預けは子供だけにとどまらず、やがて戦争に敗れてからは、大人たちもコーヒーどころではない耐乏生活に突入したのだった。

食糧難の日々に時折配給される米軍の放出物資に「レイション」という野戦食の詰め合わせ箱があったが、その中にインスタント・コーヒーを発見したときの父の嬉しそうな顔は忘れられない。

「おっ、コーヒーだぞ、あのマイセンの茶碗で飲もうや」「だって、あれはもう包んでしまいましたよ」という父母のやりとりもあった。片っ端から家財を売りながら暮らしていた頃だから、愛用のコーヒー茶碗もすでに買い手がついていたのだ。

「いいじゃないか、出してくれよ」「そうね、じゃあ、お別れのお点前といきますか」

そして久しぶりに茶の間に登場した華麗な金彩のカップで、焦げ茶色の粉にうやうやしく湯が注がれ、懐かしいコーヒーの香りが立ち上ったのだった。父と母は一つのカップから代わる代わるコーヒーを啜った。父は昔を遠望するように眼を細め、母は微かに涙ぐんでいた。インスタントとはいえ、あれは二人が生涯に飲んだ夥しいコーヒーの中で、最も味わい深く、そしてほろ苦い一杯だったかもしれない。

それから二十数年後、私は従軍記者として野営していたヴェトナムの最前線で、その「レイション」に再会することになる。砲撃の合間に塹壕《ざんごう》から這い出して、ヘリコプターが投下していったレイションを拾い集め、戦友たちと草むらに座り込んで束の間の食事を楽しむのだが、そこでもコーヒーを啜るのは感動的な贅沢だった。

インスタント・コーヒーの粉があっても、インスタントに熱湯は作れない。限られた時間と、貴重な水筒の水と携帯燃料とを惜しみなく投入しなければならないのである。それでも諦めず食後のコーヒーに固執する兵士は少なくなかったし、その中の何人かにとっては、それが人生最後の一杯になったのである。

それからさらに二十年が過ぎ、やっと子育てを終えた私は、子供たち三人を引き連れ、二カ月がかりで世界を巡り歩く「家族生活卒業旅行」に出発した。

いつになく子供たちと毎日朝晩一緒に過ごしてみると、いろいろ新しい発見があったが、その一つは彼らがコーヒーのヘヴィー・ドリンカーで、しかもやたらとこだわりの多いうるさ型だということだった。若者の分際で生意気言うんじゃないよと、「贅沢は敵だ」の戦中派としてはイライラすることも少なくなかったが、次第に彼らの影響を受けて、遅ればせながら私にもコーヒーのチガイがわかり始めてしまったのである。

また、お国柄によるコーヒーの違いを知るためにも、この世界旅行は絶好の機会になった。一番感動的だったコーヒーとの出合いを書こう。

ケニアのサファリ・パークに到着したとき、宿舎がテントだと聞いてたじろいだが、実は立派なホテルの離れで、天幕の中にはちゃんとした寝室もバスルームもある。ほっとしながらベッドに入り、獣の遠吠えを聞きながらすみやかに眠りに就いた私が、思いがけない人の気配とコーヒーの香りに驚いて目を覚ましたのは、まだ真っ暗な夜明け前だった。

「マダム、あと十五分でサファリにご出発でございます」という声のほうを見上げると、コーヒー色の顔をした白服のボーイがコーヒーを載せた銀の盆を捧げて立っているのだ。それは裂帛《れっぱく》の気合という言葉を連想させる素晴らしいコーヒーだった。思えばアフリカはコーヒーの故郷なのだ。

あの漆黒のコーヒーと、やがて地平線から現れた真紅の太陽は、今も鮮やかに心に焼きついたままである。

インデペンデントな生き方

上海で暮らしていた幼い日、隣に住む白系ロシア人で魔法使いのような風貌の老女に、えらく大袈裟な抑揚の英語で「ユー・アー・ヴェリィ・インデペンデント」と言われたのが、インデペンデントという言葉との最初の出合いだった。

ともかく褒め言葉らしいので、誇らしく父に報告し、その意味を尋ねたら、人に頼らず支配されず自分の力で生きることだと教えられた。以来インデペンデントは私の「流行語」になり、野良犬はインデペンデント・ドッグ、道ばたで物乞いをして生きる孤児たちはインデペンデント・キッズと、密かな親愛の情を込めて呼んだものである。

魔都と呼ばれた当時の混沌たる上海は、逞しくインデペンデントな生きざまの見本市だった。軍国主義の暗雲垂れ込める日本から上海に脱出した父は根っからのリベラリストで、過保護にされた自分の育ち方を嫌っていたから、自分の子供は自由に育てると決意して、この物騒な街にも敢えて娘を放牧した。餓死した浮浪者の死体があちこちに転がっていたり、かっぱらいが横行したり、しばしばテロで封鎖されたりする通学路にも、私は一人で送り出されたのである。それで隣人にインデペンデントと言われたのだろうが、もっともっと過酷にインデペンデントな人が街に溢れていたから、私程度のインデペンデンスで得意になってもいられなかった。

日本に引き揚げてからは、荒れ果てた葉山の別荘に逼塞《ひっそく》して売り食いの斜陽生活が始まる。豊かな自然環境に放牧された私はターザン・ガールと呼ばれるほど野性的に海山を駈け巡りながら、魚貝を獲ったり山菜を摘んだり薪を集めたりして食卓に貢献し、また働きに出た母に代わって多くの家事を引き受け、早々とインデペンデントな生活者に成長した。

私は学校の勉強というものがどうしても性に合わず登校拒否を繰り返し、辛うじて高校は卒業したが、大学進学はしないで就職した。幸い文藝春秋に入社できて憧れのジャーナリストになり、おおらかな社風の中でのびのびと仕事に励み、才能を認められ、収入にも人脈にも恵まれて、当時の若い女性としては稀有な自由と自立を謳歌していたのに、結婚退社の社則に面従腹背して独身のまま密かに子供を作るという冒険を繰り返した挙げ句、結局は会社を辞めることになってしまった。これが私の人生で最も重い試練を孕《はら》むインデペンデンス・デイだった。

そして子供三人引き連れた一匹母狼の、流浪の旅が始まり、ベトナムの戦場からアメリカのヒッピー・コミューンまで渡り歩いた。お金も仕事も頼る人もなく、毎朝目を覚まして現実と向き合うのが怖い壮絶な孤独の中で、上海の老女の言葉が魔法使いの呪文のように脳裏に蘇ってきた。

そうだ、今の私こそ本当にインデペンデントではないか。あの路傍のインデペンデント・ドッグやインデペンデント・キッズの仲間になったのだと。そう腹を据えれば怖いものはなくなっていく。私はアメリカ社会の底辺に蠢く淋しいアメリカ人と同じ目線で彼らの心の声を聴き、彼らの真実を書きたいと思った。そしてフリー・ライターとして生きていくことを決意したのだ。

母胎からの自立に始まって、生活者としての自立、学校からの自立、親許からの自立、会社からの自立、物書きとしての自立と、さなぎが脱皮するようにさまざまな自立を繰り返してきたわけだが、五十歳で親のつとめを終えると、子供からの自立というインデペンデンス・デイが待っていた。しかしまだこれでは終わらない。やがて魂が肉体から自立する最後のインデペンデンス・デイがやってくるのだ。その日に備えて気功で心身の浄化に努めたり、瞑想で魂を磨いたりしながら、私も次第に魔女の貫禄を身につけつつあるようである。

我が人生の母港

「港のヨーコ、ヨーコ横浜……」という宇崎竜童の唄が流行ったとき、私は「これって、まるでオーダー・メイドのマイソングじゃないの」と、気分よく口ずさんでいたものだ。なにしろ七十年間に四十回も引っ越しを繰り返してきた遊牧民で世界のどこにも帰属意識などまるでない私だが、横浜だけは「母港」として、私の人生に揺るぎない存在感を維持してきた。

港に面した山下公園は初期のデイト・スポットで、ファースト・キスのバックには出港の汽笛が鳴っていた。その十五年後には同じ木陰に広げたゴザに座って懸命に原稿を書きながら三匹の子豚たちを周りで遊ばせておくシングル・マザーになっているとは、私の逞しい想像力も及ばなかった。

その子豚たちの一人を海外で隠密出産しようと企み、大きな腹を抱えてナホトカ行きのソ連船に乗船したのも、二カ月後のクリスマスにフランス客船で無事出産を果たした赤ん坊を抱いて意気揚々と下船したのも、この横浜港だった。

それで病みつきになった船旅を以来幾度となく繰り返し、その多くは横浜発着のクルーズだった。私が物書きとして認められた頃に思いきって購入したマンションは横浜港に面しているので、出港のときも帰港のときも我が家に向かって手を振ることになる。

私にとっては「帰国」イコール「帰港」イコール「帰宅」で、しかも私のマンションの隣の公団住宅には両親が住んでいたのだから、さらに「帰郷」でもあるわけだ。こうして帰るべきところがあってこそ旅であり、それがなければ流浪に過ぎないのだろう。

どこで野垂れ死にしていたって不思議はない乱暴な旅を繰り返していた私が今日あ

るのは、密かに繋ぎとめる見えない糸をこの母港に握られていたからかもしれない。今は東京に住んでいるが、横浜には行くというより帰るという感じで、胎内回帰的な懐かしさがいつもある。

縛られるのは我慢できない私だから、港のような包容力を男にも求めてしまう。それは遂にかなえられなかったが、そのかわり自由に世界の港を巡航し、百港百様の魅力を愉しんできた。

一番ドラマティックだったのはベニスだろうか。朝靄《あさもや》が立ち込めたアドリア海をしずしずと進む船のトップデッキに立っていると、すーっと幕を引くように靄が消え、朝日を浴びて黄金色に輝くサンマルコ寺院を中心に中世そのままの街並みがゾワッと現れたのだ。タイムスリップしたようなあの衝撃は忘れられない。

ニューヨーク港では自由の女神をまぢかに見て、その凛々しい女前を見直した。マルセイユ港では本来荒々しい漁師鍋だったブイヤベースの真髄を味わった。

海外駐在経験のある日本のビジネスマンが選んだ「一番住みたい町ベスト4」は、サンフランシスコ、シアトル、シドニー、バンクーバーの「3S1V」で、いずれも魅力的な港町である。「住みたい」というのは人間にしたら結婚向きということだろうが、私は二十年前に一目惚れしたバンクーバーに「林住庵」を設け、頻繁に往来する通い婚状態だ。最近は『バンクーバーに恋をする』というおノロケ本まで書いてしまった。そしてバンクーバーはたまたま我が母港横浜の姉妹都市なのである。

想い出フランス・ファイル

フランスは思い出が多過ぎてメモリーが満杯だ。最古のファイルは、二十代の終わりに隠し子第二号出産作戦でお世話になったとき。

臨月近い身体でユーラシア大陸をヨタヨタ横断し、やっとの思いでたどりついた晩秋のパリで、懐炉代わりに握りしめて歩いたポケットの焼き栗と、おそるおそる初めて入った食堂の溶岩のように滾《たぎ》り立つオニオン・グラタン、それからマルセイユ出港を前に屋台でふうふう吹きながら啜った漁夫鍋ブイヤベース。いずれも思いっきり熱々で、厳しい北風と孤独と不安で凍りつきそうだった私の心身を芯から暖めてくれた。

そしてフランス客船の一カ月。朝昼晩のフルコースや、航海最後の夜のクリスマス・ディナー、その翌朝にめでたくノエルを出産して馬小屋のマリアのように微笑む私に捧げられたシャンパンの祝杯に至るまで、われながらカラフルな、終生保存版のファイルである。

三十代のファイルは順次消去の仕事がらみが多いが、ワインのエンサイクロペディアとして知られた父の最後のフランス旅行をエスコートして一流ワイナリーを巡り歩き、ボルドーのシャトー・マルゴーでテイスティングしたときの「もう思い残すことはない。洋子、やっぱりフランスはいいよ」という父の呟きだけは忘れられない。

パリの出会いで一度うっかり結婚もした。結局離婚して友達に戻った彼はミシュランの覆面審査員をつとめたりソムリエ・コンクールで優勝したりしたスーパー・グルメだから、四、五十代のフランスは重厚長大な飽食のファイルで、再び開きたいとは思わない。

カナダに家を持ってからご無沙汰気味だったフランスに、最近また足繁く通い始めた。以前の主な関心事は文化と美食だったのが、今は自然と健康に移りつつある。今回はなんと「フィトテラピー（植物療法）フランス研修ツアー」に参加しての訪仏なのだ。

最初はボルドーで、パリ医薬大学教授で著名な産婦人科医アルナル博士の講義を受ける。植物ホルモンの使い方をはじめ、へえ、植物ってそんなにさまざまな力があるのかと、ゾクゾクするほど面白い話が目白押しだ。

ツアーを率いる森田敦子さんは恩師のアルナル博士の勧めで東京にフィトテラピーの学校を開いているが、さらに博士が中心になって立ち上げた女性の健康のためのＮＰＯオサン・デ・ファムの日本支部も作ったので、この旅は日仏のオサン・デ・ファム会員の顔合わせも兼ねている。

実は私が日本支部の代表をつとめているのだが、それは、まず大自然の援護と人間の愛の力を信じて、なるべく恐れず禁止せず、極力ポジティブに人生を楽しもうというオサン・デ・ファムのポリシイに深く共感したからだ。

予想どおり情熱溢れるメンバーが集まっていて、たちまち話が弾み出す。みんな当然自然にエコロジストでオルガニック志向だが、日本の「草食系」とは対照的な逞しいエピキュリアンだ。

有機ワインのシャトーで新酒を試飲したあと、オルガニック・フードの夕食だというので、野菜料理かと思いきや、まるで殺人事件の現場みたいに血まみれの巨大な肉塊がゴロンと転がっている。食卓に着くと野生溢れる凸凹の大きなトマトを山盛りにした籠が回って来たので、どうするのか迷っていたら、隣の男性が一つをむんずと摑み砕き塩を振って手渡してくれた。

ステーキは例の肉塊をバサバサぶった切ってちょっと炙《あぶ》っただけだ。ほとんど生で血を滴らせているから、日本人仲間は引いてしまったが、私は周囲のフランス人につられて勇躍ドラキュラの仲間入り。豪快な一夜だった。

熟女の自信

大人になってからは別に嬉しくもなかった誕生日に向き直り、積極的に祝うようになったのは五十歳のときである。子育て卒業を記念して親子で二カ月間世界を巡り歩いた旅の途中、スペインのバルセロナで迎えた五十回目の誕生日に、子供たちが企んだサプライズのパーティーがあまりに楽しかったのがきっかけだ。そこで繰り広げられた本場のフラメンコときたら、血湧き肉躍るとはまさにこのことで、日頃歌舞音曲には関心の薄い私が、別人のように燃え上がったのである。

ここで輝くのは、若さより年輪、美貌より貫禄で、あらゆる修羅も悦楽も知り抜いた海千山千の大姐御《あねご》がその激しい人生を体現する踊りこそが、熱い喝采に包まれるのだ。楚々とした細身の小娘など、いくら綺麗でも迫力に欠けて詰まらない。熟女たるもの俄然自信が湧き立つではないか。

一夜明けたバルセロナには、長年憧れてきたガウディ建築とのご対面が待っていた。まずあまりにも名高い未完の大寺院サグラダ・ファミリアに向かう。前日に車の中から遠望したとき夕焼けの空を突き刺すようにそそり立っていた四つの尖塔は、近くまで来ると視界から消えている。

寺院の正面には広場などなく、真下に立って首を極限まで仰向けて見上げなければならないのだ。以前事故で痛めた鞭打ちの首がぎしぎし痛むが、これぞ犠牲の喜びだと思うほど、崇高な光景に圧倒される。それぞれ百メートルほどもある尖塔は四頭の龍がウロコを波立たせて天に昇っていくようだ。その尖端に嵌め込まれた眼球が、おお、来たかと瞬いて私の心を吸い上げる。

この寺院は建築の域を超えた巨大な彫刻だと思っていた私だが、いや、これは彫刻でもない、一個の有機的な生命体ではないかという胸騒ぎが高まる。中に踏み込むと、ここはまさに胎内で、複雑怪奇な細部の一つ一つが内臓のように息づいている。そこには亡きガウディや夥しい職人たちの魂が細胞となってちりばめられ、今も増殖しているかのようだ。

かつて真っ先にガウディを評価したのは同じスペインの異才の画家ダリだったが、彼がガウディとは対照的な機能主義の建築家コルビュジエに「未来の建築はもっと柔らかくて毛深いものになるだろう。建築の天才はガウディであり、ダリがカタロニア語で欲望を意味するようにガウディは快楽を意味するのだ」と啖呵《たんか》を切ったことを私はふと思い出した。たしかにそこは、ガウディの美の快楽が冷めやらぬ溶岩のように渦巻いている空間だった。

何しろ一八八二年の着工以来とうに百年を過ぎた今も悠然と成長を続けているのだから、やはりこれは生きものだとしか言いようがない。永遠に完成しないかもしれないが、未完は不死に通じる。この聖なる怪物との出会いも、私のエイジングへの大きな祝福だった。

同じくガウディの作品であるカサ・ミラは、私の理想のマンションだ。集合住宅といっても同じ部屋は一つもなく、窓や柱も不規則なのに、奔放な個性同士が見事に調和し連帯している。こんなマンションに住みたかったなあ。せめてここの住人と恋をしてあの窓辺で目覚めのコーヒーでも啜りたかったけれど、それももう手遅れだろう。

そういえば、私はいまガウディが市電にはねられて亡くなったときと同じ歳である。気をつけなくちゃ。

ロシアの抗いがたい磁力

四度目の骨折後ようやくギプスが取れ、さらに松葉杖もステッキ一本に代わり、脚の自由がほぼ復活した。まさに「春が来た」で、もうたちまち旅モードである。

囚われの身だったのは、せいぜい二カ月半くらいのことなのに、「旅に病んで夢は枯野を駆けめぐる」という芭蕉の気分で、行きたいところ、懐かしいところがしきりと頭に浮かび、どんどん旅心が募るばかりだった。「見るべきほどのものは見つ」と達観する境地にはまだまだ遠い私なのだ。

それでまず五月には、数少ない未踏の地の一つだが、まるで前世の記憶のようにその大平原を馬で疾駆する夢を幾度となく見る中央アジアのウズベキスタンを旅することに決めている。そしてついでにロシアまで足を延ばそうかと思い始めた。

ついでというほど近いわけでもないのに、ロシアには抗いがたい磁力がある。そう、私にとってロシアは無性に懐かしい国なのだ。思えば、人生最初に出会った西洋人は幼時を過ごした上海に犇めいていた白系ロシア人だし、少女時代に最初に読破した長編小説はトルストイの『戦争と平和』だったし、学生運動時代はロシア民謡か革命歌ばかり歌っていた。

そして、上海は別として、私が最初に足を踏み入れた外国はロシアなのである。いや当時はまだソビエト社会主義共和国連邦、通称ソ連で、共産圏の総元締めとして睨《にら》みを利かせているコワイ国だった。それでも、シベリア鉄道に延々と乗ってその広大な領土を横切らせていただけばヨーロッパに達するのだから、貧乏旅行が常識の時代の日本人にとっては結構ありがたいお隣さんだったのだ。

超低予算の我が初外遊も当然このコースで、まず横浜からバイカル号というソ連の客船でシベリアの玄関口ナホトカまで行って鉄道に乗り込むのである。良くも悪くも共産国らしい平等で質実剛健で洒落っ気のない船旅は、妊娠八カ月でどうせ優雅でありようがない私にはむしろ落ち着きがよかったし、シベリア鉄道のほうも意外に上等で、厚い絨毯《じゅうたん》が敷き詰められた客室は、効き過ぎるほどの暖房でホカホカに暖かい。大きなお腹を抱えて二段ベッドの上段によじ上るのだけは大苦労だったが、やはり上のほうが気分がいい。かなりよく揺れるが、私には絶好の揺籠で、たちまち深い眠りに引き込まれていく。

眼が覚めた頃、ちょうど外が明るくなってきた。曇った窓を指で拭って外を覗くと、ほんとうに汽車は進んでいるのかしらと疑うほど、見渡す限りびくとも変わらない景色のままだ。これがあの悪名高い飢えと凍えの流刑地だったのだなあと思うと、先人の苦難も知らない能天気な若者どもが暖衣飽食《だんいほうしょく》の旅に浮かれているのが申し訳なくて、しばらくはシュンとしてしまう。

とはいえ、すぐお腹は空いてきて、ノッシノッシと食堂車に向かった。それを迎え撃つという感じの迫力で朝食を仕切っているのは絵に描いたように典型的な太く逞しいロシアのおばさんだ。日本のものより何倍も大きい木製の算盤を楽器のように抱えて、ドスの利いたアルトの声で注文を取っているさまが何かオペレッタのようで、しばし見とれ聞き惚れてしまった。

モスクワにたどり着いたときは革命記念日直前で、赤旗とイルミネーションで隈なく彩られた赤の広場では、偉大なる指導者がたの、たとえ恋人の顔でもこのサイズで眺めたいとは思わない巨大な肖像画が威風堂々市民を睥睨している光景を見て、この旅で初めての強烈なカルチャーショックを受けた。行き交うモスクワ市民に「モンゴリアンか」と一度ならず訊かれたのにもちょっと驚いた。私の前世か祖先はやはり大平原の民だったのだろうか。

書いているうちにいよいよ懐かしくなってきた。やはりロシアに行こう。それも原点に立ち戻り、スニーカーとリュックサックで足任せ風任せの自由な貧乏旅行にしよう。

本作品は小社より二〇一三年一二月に刊行された『人生はまだ旅の途中』を改題し、再編集したものです。

文中の情報は単行本刊行当時のもので、現在は変更されている場合があります。

桐島洋子（きりしま・ようこ）

1937年東京生まれ。文藝春秋に9年間勤務の後、フリーのジャーナリストとして海外各地を放浪。70年に処女作『渚と澪と舵』で作家デビュー。72年『淋しいアメリカ人』で第3回大宅壮一ノンフィクション賞受賞。以来メディアの第一線で活躍するいっぽうで独身のまま3人の子どもを育てる。娘のかれん（モデル）、ノエル（エッセイスト）、息子のローランド（カメラマン）はそれぞれのジャンルで活躍中である。子育てを卒業した50代から林住期（人生の収穫の秋）を宣言してカナダのバンクーバーに家を持ち、1年の3分の1はバンクーバーでの暮らしを楽しんだ。また70代からは自宅で私塾の森羅塾を主宰した。

『聡明な女は料理がうまい』（アノニマ・スタジオ）、『50歳からのこだわらない生き方』（だいわ文庫）、『ほんとうに70代は面白い』（海竜社）、『骨董物語』（講談社）、『バンクーバーに恋をする』（角川SSコミュニケーションズ）など著書多数。

だいわ文庫

いくつになっても、旅《たび》する人《ひと》は美《うつく》しい

著者　桐島洋子《きりしまようこ》

二〇一八年八月一五日第一刷発行

発行者　佐藤　靖

発行所　大和《だいわ》書房

東京都文京区関口一―三三―四　〒一一二―〇〇一四

電話　〇三―三二〇三―四五一一

フォーマットデザイン　鈴木成一デザイン室

編集協力　加藤　真理

本文デザイン　眞柄　花穂（Yoshi-des.）

本文印刷　シナノ

カバー印刷　山一印刷

製本　ナショナル製本

ISBN978-4-479-30718-1

http://www.daiwashobo.co.jp